Stephanie Laurens
Escándalo y pasión

Editado por Harlequin Ibérica.
Una división de HarperCollins Ibérica, S.A.
Núñez de Balboa, 56
28001 Madrid

© 1994 Stephanie Laurens. Todos los derechos reservados.
ESCÁNDALO Y PASIÓN, N° 15
Título original: Fair Juno
Publicada originalmente por Mills & Boon®, Ltd., Londres.
Traducido por María Perea Peña.
Este título fue publicado originalmente en español en 2004.

Todos los derechos están reservados incluidos los de reproducción, total o parcial. Esta edición ha sido publicada con permiso de Harlequin Enterprises II BV.
Todos los personajes de este libro son ficticios. Cualquier parecido con alguna persona, viva o muerta, es pura coincidencia.
™ TOP NOVEL es marca registrada por Harlequin Enterprises Ltd.
®™ son marcas registradas por Harlequin Enterprises Limited y sus filiales, utilizadas con licencia. Las marcas que lleven ™ están registradas en la Oficina Española de Patentes y Marcas y en otros países.
I.S.B.N.: 978-84-671-3284-7
Depósito legal: B-37565-2005

1

Martin Cambden Willesden, quinto conde de Merton, recorría decididamente el pasillo del Hermitage, su residencia principal. Cualquiera que lo conociera habría sabido, por el ceño fruncido que estropeaba sus maravillosos rasgos, que estaba de un humor espantoso. Era bien sabido entre los hombres del séptimo batallón de los húsares que si el rostro del comandante Willesden mostraba alguna emoción, los presagios no eran buenos. «Y hoy», pensó el ex comandante Willesden ferozmente, «tengo todo el derecho a estar furioso».

Lo habían hecho volver de su placentero exilio en las Bahamas y se había visto obligado a dejar atrás a la amante más satisfactoria que nunca hubiera tenido. Cuando había llegado al sombrío Londres, había tenido que librar una difícil batalla para sacar el patrimonio de la familia de la situación lamentable en que se encontraba, sin que, aparentemente, pudiera culparse a nadie por ello. Tanto Matthews, el mayor de Matthews & Sons, como el hombre de confianza de la familia le habían advertido que el Hermitage necesitaba atención y que no aprobaría el estado en que se encontraba. Él había pensado que aquello era un intento del viejo Matthews para convencerlo de que volviera a Inglaterra sin tardanza. Debería haber recordado la tendencia de Matthews al uso de eufemismos. Martin apretó los labios. La mirada de sus ojos era cada vez más lúgubre. El Hermitage estaba incluso en peor estado que las inversiones que había estado reorganizando durante tres semanas.

Mientras recorría el largo pasillo, el sonido de los tacones de sus botas penetró en sus pensamientos. Casi al borde de un síncope, Martin se detuvo. ¡No había alfombras! Pisaba directamente sobre el suelo de madera. Y, si su vista no lo engañaba, ni siquiera estaba bien encerado.

Lentamente, sus ojos grises se elevaron y se clavaron en el papel de la pared, roto y grisáceo, y en las cortinas de los ventanales, descoloridas y anticuadas. La casa estaba habitada por el frío y la penumbra.

Cada vez de peor humor, el conde de Merton dejó escapar un juramento, y añadió mentalmente otro asunto más a la lista de los que requerían su inmediata atención. Si alguna vez visitaba el Hermitage de nuevo, aquel lugar tendría que estar en perfectas condiciones. El piso de abajo estaba en mal estado, ¡pero aquello! No encontraba palabras para describirlo.

Dejó a un lado su irritación y volvió a encaminarse hacia las habitaciones de la condesa viuda. Desde que había llegado, ocho horas antes, había pospuesto el inevitable reencuentro con su madre, con la excusa de solucionar los problemas que afectaban a las posesiones de la familia. La excusa, en realidad, no había sido una exageración. Pero ya había decidido los cambios más importantes y había tomado las riendas del condado.

A pesar de aquel éxito, tenía pocas esperanzas puestas en la entrevista que se avecinaba. Sintió cierta curiosidad, y una cautela que no creía que siguiera conservando.

Su madre, lady Catherine Willesden, la condesa viuda de Merton, había atemorizado a los miembros de su familia desde que Martin tenía uso de razón. Los únicos aparentemente inmunes a su dominación habían sido su padre y él mismo. A su padre, ella lo había excusado. Martin no había tenido tanta suerte.

Se detuvo ante la puerta de las habitaciones de la viuda. Hubiera lo que hubiera entre ellos, la condesa era su madre. Una madre a la que no había visto durante trece años, y a la que recordaba como una mujer fría y calculadora, que no tenía sitio para él en su corazón. ¿Hasta qué punto sería ella la responsable del deterioro de sus posesiones ancestrales? No lograba entender lo que había sucedido, porque conocía el orgullo de aquella mujer. De hecho, tenía unas cuantas preguntas más, incluyendo la de cómo iba a tratarlo en el presente. Las respuestas lo estaban esperando al otro lado de la puerta.

Irguió los hombros y apretó los labios. Sin más preámbulos, llamó con los nudillos. Oyó claramente la orden de que pasara y abrió la puerta. Se detuvo en el umbral, con la mano en el picaporte, y con una estudiada tranquilidad, paseó la mirada por la habitación. Lo que vio resolvió algunas de sus dudas.

La figura de su madre, alta y estirada, sentada en una silla al lado del ventanal, era casi como él la recordaba. Estaba más delgada y tenía el pelo gris, pero conservaba aquella expresión decidida que él tenía en la memoria. Fue la visión de sus manos retorcidas, que descansaban inútiles en su regazo, lo que le reveló la verdad. Le habían contado que se mantenía recluida en su alcoba, víctima del reumatismo, y él había creído que sería una reacción caprichosa ante una enfermedad sin importancia. Sin embargo, en aquel momento vio la realidad cara a cara. Su madre era una inválida que estaba encadenada a una silla.

Sintió una aguda punzada de pena. La recordaba como una mujer activa, que montaba a caballo y bailaba sin descanso. Entonces, sus miradas se cruzaron, y la de su madre, de un gris helado, altiva como siempre, le pareció más fría que nunca. Al instante, Martin supo que la lástima sería lo último que su madre aceptaría de él.

A pesar de la impresión que había sufrido, consiguió que su rostro se mantuviera impasible. Sin alterarse, cerró la puerta y entró en la habitación, tomándose un segundo para echar un vistazo a la otra persona que lo miraba, con los ojos abiertos de par en par. Era Melissa, la viuda de su hermano mayor.

Catherine Willesden observó cómo su tercer hijo se acercaba con la expresión tan inalterada como la de ella. Apretó los labios al fijarse en su poderoso cuerpo y en la sutil elegancia que lo envolvía. La luz le iluminó los rasgos mientras se aproximaba, y entonces, la aguda mirada de la viuda detectó rápidamente que tras la elegancia había una determinación despiadada y un hedonismo bien disimulados.

Entonces, Martin se detuvo frente a ella, y para su horror, le tomó la mano. Lo habría evitado si hubiera sido capaz, pero las palabras se le quedaron en la garganta, atrapadas por el orgullo. Sintió cómo una mano cálida y fuerte se cerraba alrededor de sus dedos retorcidos. Su sorpresa se vio barrida por una repentina emoción, cuando su hijo se inclinó y ella sintió sus labios en la piel. Suavemente, él volvió a dejarle la mano sobre el regazo y le besó la mejilla.

—Mamá.

Aquella palabra, pronunciada por una voz mucho más grave de lo que ella recordaba, devolvió a lady Catherine a la realidad. Parpadeó, y sintió que se le aceleraba el corazón. ¡Ridículo! Fijó la mirada en su hijo, frunciendo el ceño y luchando por que sus ojos grises siguieran transmitiendo frialdad. Por la ligera sonrisa que curvaba la boca de Martin, lady Catherine supo que él era consciente de que aquel gesto la había afectado. Sin embargo, tenía la determinación de meter en el redil a aquella oveja negra. Ella podía, y debía, asegurarse de que su hijo no arrojara nuevos escándalos sobre la familia.

—Creo, señor, que le hice llegar instrucciones para que se presentara aquí en cuanto llegara a Inglaterra.

Sin dejarse perturbar en absoluto por la mirada de su madre, Martin caminó hacia la chimenea, apagada, con una ceja arqueada que expresaba su sorpresa.

—¿No te escribió mi secretario?

La indignación se reflejó en el rostro de lady Catherine.

—Si te refieres a esa nota de un tal señor Wetherall, que me informaba de que el conde de Merton estaba ocupado tomando las riendas de su herencia y de que me visitaría cuando tuviera oportunidad, la recibí, sí. Lo que quiero saber es qué significa eso. Y por qué, una vez que has llegado, has tardado un día entero en recordar el camino hasta mi habitación.

Al percibir en la expresión de su madre las inequívocas señales de la ira, Martin tuvo la tentación de recordarle su título. Nunca habría creído que disfrutaría de aquella conversación, pero, de alguna manera, su madre ya no le parecía tan distante ni tan hostil como la recordaba. Quizá fuera su enfermedad lo que hacía que pareciera más humana.

—Debería ser suficiente con decir que los asuntos del condado estaban, por decirlo de alguna manera, mucho más enredados de lo que yo tenía entendido —apoyó el codo en la chimenea, y, sin alterarse, miró a su madre—. Sin embargo, ahora que he conseguido algo de tiempo para dedicarte, después de llevar a cabo la ímproba tarea de poner el patrimonio en orden, quizá pudieras decirme por qué querías verme.

Lady Catherine, haciendo un ejercicio de control, consiguió que la sorpresa no se le reflejara en el rostro. No fueron sus palabras lo que la asombraron, sino su voz. Ya no había ni rastro del tono ligero y encantador de la juventud. En su lugar, había una profundidad dura y áspera, con un trasfondo de autoridad que casi no podía ocultar.

Se dio ánimos mentalmente. La idea de que aquel rebelde la intimidara era absurda. Él siempre había sido un insolente, pero no un estúpido. Aquel cinismo contenido se quedaría en nada una vez que ella hubiera dejado las cosas claras. Se irguió, altivamente, y después se embarcó de nuevo en la «educación» de su hijo.

—Tengo mucho que decir sobre cómo has de proceder en el futuro.

Con una actitud atenta, Martin apoyó los hombros en la chimenea y cruzó con elegancia las piernas, al tiempo que miraba a su madre fijamente.

Lady Catherine frunció el ceño.

—Siéntate.

Martin sonrió lentamente.

—Estoy bastante cómodo. ¿Qué es eso de lo que tienes que informarme?

Lady Catherine decidió no dejarse llevar por la ira. Su tranquilidad la enfurecía, y era mejor no dejarlo traslucir. Se obligó a sí misma a mirarlo a los ojos.

—Lo primero, creo que es de importancia capital que te cases cuanto antes. Para ello, he arreglado el compromiso con la señorita Faith Wendover.

Martin arqueó una ceja.

Al verlo, la viuda se apresuró a continuar.

—Dado que el título ha recaído en el tercero de mis hijos, no puede sorprenderte que asegurar la sucesión sea para mí la mayor de las preocupaciones.

Su primogénito, George, se había casado para contentar a la familia, pero Melissa, la aburrida y simple Melissa, no había podido cumplir con las expectativas de darle un heredero. Su segundo hijo, Edward, había muerto unos años antes, cuando formaba parte del ejército que detuvo la invasión de Napoleón. George también había muerto, de unas fiebres, el año anterior. Hasta entonces, a la viuda nunca se le había ocurrido pensar que su imposible tercer hijo pudiera heredar el condado. Más bien, se temía que muriera en una de sus extravagantes aventuras. Entonces, su cuarto hijo, Damian, habría sido el conde de Merton.

Sin embargo, Martin era el conde, y ella tenía que asegurarse de que estuviera a la altura de las circunstancias. Completamente decidida a acabar con cualquier tipo de oposición, lady Catherine miró autoritariamente a su hijo.

—La señorita Wendover va a heredar, y es medianamente atractiva. Será una condesa de Merton excepcional. Su familia es muy respetada, y ella aportará muchas tierras con su dote. Ahora que estás aquí, y que puede firmarse el compromiso, la boda podrá celebrarse en tres meses.

Lady Catherine, preparada para defenderse de una tormenta de protestas, alzó la barbilla y observó con impaciencia la fibrosa figura de su hijo, apoyado en la chimenea. Una vez más, se quedó sorprendida por el cambio, invadida por la exasperante sensación de estar tratando con un extraño que, sin embargo, no era un extraño. Él estaba mirando al suelo, sin decir nada. Con curiosidad, lady Catherine estudió a su hijo. Sus últimos recuerdos de Martin eran de un joven de veintidós años, ya versado en todo tipo de vicios, en la bebida, en el juego y, por supuesto, en asuntos de mujeres. Había sido su facilidad para atraer al sexo opuesto lo que había puesto fin, abruptamente, a su tempestuosa carrera. Serena Monckton. Aquella belleza había afirmado que Martin había intentado violarla. Él lo había negado, pero nadie, ni siquiera su propia familia, lo había creído. A pesar de ello, él había resistido todos los intentos de convencerlo de que se casara con la mocosa. Enfurecido, su padre le había pagado a la familia de la chica una considerable suma de dinero, y había enviado a Martin a vivir con un pariente lejano, a las colonias. John había lamentado aquello amargamente hasta el día de su muerte. Martin había sido siempre su favorito, y el conde había fallecido sin volverlo a ver.

Absorta en la tarea de encontrar pruebas de que el hijo al que recordaba no había cambiado, en realidad, lady Catherine examinó sus anchos hombros y sus miembros largos y fibrosos con un bufido interior. Todavía tenía aquella figura de Adonis, musculosa y ágil debido a su afición por las actividades al aire libre. Su manos de largos dedos estaban muy bien arregladas, y llevaba el sello de oro que su padre le había regalado por su vigésimo cumpleaños. Tenía el pelo rizado y negro como el ébano. Todo lo que ella recordaba. Lo que no recordaba era la fuerza grabada en sus rasgos, el aura de seguridad, que era mucho más que pura arrogancia, los movimientos felinos que transmitían la impresión de poder bajo control. De todo aquello, ella no se acordaba en absoluto. Cada vez más insegura, esperó a que él demostrara su resistencia. Sin embargo, aquello no ocurrió.

—¿No tienes nada que decir?

Él salió de su ensimismamiento con un sobresalto. Estaba rememorando la última vez que su madre había insistido en que él tenía que casarse. Martin levantó la cabeza y miró a la viuda a la cara. Arqueó las cejas.

—Todo lo contrario. Pero me gustaría escuchar todos tus planes primero. Estoy seguro de que no has terminado.

—Por supuesto que no —lady Catherine le clavó una

mirada que hubiera hecho estremecerse a muchos hombres. Sin embargo, allí de pie, él parecía demasiado poderoso como para intimidarlo. Aun así, estaba decidida a cumplir con su deber–. También tengo que referirme al patrimonio y a los negocios de la familia. Dices que has estado poniéndote al corriente. Yo deseo que dejes todos esos asuntos en manos de los empleados que contrató George. Sin duda, ellos lo harán mucho mejor que tú. Después de todo, no tienes experiencia y no podrías hacerte cargo de unas posesiones de tales proporciones.

A Martin le temblaron los labios, pero consiguió contenerse.

Lady Catherine, embebida en exponer sus argumentos, no percibió la advertencia.

–Por último, una vez que tú y la señorita Wendover estéis casados, viviréis aquí durante todo el año –hizo una pausa y miró a Martin–. Puede que no te hayas dado cuenta todavía, pero es mi dinero lo que mantiene las propiedades de los Merton a flote. Recuerda que yo no era precisamente una don nadie antes de casarme con tu padre. He permitido que lo que heredé cuando murió tu padre mantenga con sus intereses las fincas, que no producen lo suficiente como para evitar la ruina.

Martin se mantuvo en silencio.

A pesar de la actitud impasible de su hijo, lady Catherine tenía una confianza total en su victoria, y sacó el as de la manga.

—A menos que aceptes mis condiciones, retiraré mi dinero de las tierras, lo cual te dejará en la indigencia.

Al pronunciar aquella última palabra, sus ojos recorrieron el largo cuerpo que todavía estaba apoyado con indolencia en la chimenea. Iba vestido impecablemente, con una elegancia que le hizo recordar a la condesa que su hijo nunca había sido vulgar.

El objeto de su escrutinio estaba examinando la puntera de su bota.

Sin inmutarse, la viuda añadió un argumento decisivo.

—Además, te desheredaré, y Damian heredará mi fortuna.

Cuando hubo expresado su última amenaza, lady Catherine sonrió y se apoyó en el respaldo de la silla. A Martin siempre le había desagradado Damian, y había tenido celos debido al hecho de que el más pequeño fuera el favorito de su madre. Sabiendo que había ganado la batalla, la condesa miró a su hijo.

No estaba preparada para la lenta sonrisa que se le dibujó en los labios, confiriéndole una belleza demoníaca a sus rasgos. Aunque no tuviera nada que ver en aquel momento, la condesa pensó en que no era sorprendente que, de sus cuatro hijos, aquél nunca hubiera tenido ningún problema en ganarse el favor de las damas.

—Si eso es todo lo que tiene que decir, señora, yo también tengo unos cuantos comentarios que hacer.

Lady Catherine pestañeó, y después inclinó la cabeza majestuosamente, preparada para ser magnánima en la victoria.

Con aplomo, Martin se irguió y caminó hacia la ventana.

—Lo primero que tengo que decir es que, en lo que se refiere a mi matrimonio, me casaré con quien quiera, y cuando quiera. Y, a propósito, lo haré si quiero.

El asombrado silencio que notó a sus espaldas hablaba por sí solo. Martin siguió con la mirada las copas de los árboles del Home Wood. Las órdenes de su madre eran indignantes, pero de esperar. Sin embargo, aunque sus maquinaciones no fueran aceptables, él entendía y respetaba la devoción familiar que había motivado sus acciones. Y, aún más, aquello confirmaba su suposición de que ella no había tenido nada que ver en el declive de la fortuna de los Merton. Mientras estaba recluida en su habitación, el servicio y el resto de la familia se habían visto bajo el dominio de un gerente sin escrúpulos. Él mismo se había dado el lujo de increparlo, antes de despedirlo y echarlo de la casa sin contemplaciones. Así pues, dudaba que su madre tuviera la más ligera idea del estado en el que se encontraba el resto de la casa. Sus habitaciones estaban en buenas condiciones, mucho mejor que el resto. El gerente había conseguido intimidar al resto del servicio y, muy probablemente, había convencido a Melissa y a George de que aquella decadencia era irremediable. Y si lo único que veía su madre desde las ventanas de su habitación era aquella fracción de los jardines y el bosque, ¿cómo podría saber que el resto estaba en estado salvaje? Martin se detuvo al lado del ventanal, tamborileando con los dedos en el alféizar.

—A propósito de Damian, creo que no te estará muy agradecido por apresurarme hacia el altar. Después de todo, él es mi heredero hasta que yo tenga un hijo legítimo. Y teniendo en cuenta sus dificultades económicas, no es probable que aprecie tus motivos para casarme, y además, con tanta prisa.

Lady Catherine se quedó rígida. Martin le dirigió una mirada a su cuñada, acurrucada en su silla mientras escuchaba atentamente la conversación entre madre e hijo, con la mirada fija en el bordado. Con una ceja arqueada, y cierto cinismo, Martin volvió a mirar a su madre, que estaba furiosa.

—¡Cómo te atreves! —durante un momento, la ira dejó a la viuda sin palabras. Entonces, la presa se desbordó—. ¡Te casarás, tal y como te he dicho! Es imposible pensar que las cosas pueden ser de otra manera. Ya está todo planeado y convenido.

—Naturalmente —replicó Martin, en un tono de voz frío y preciso—, lamento cualquier molestia que tus acciones puedan causarle a terceros. Sin embargo, no entiendo qué es lo que te ha dado la impresión de que podías hablar en mi nombre en lo relacionado a este asunto. Me resulta difícil de creer que los padres de la señorita Wendover hayan sido tan imprudentes como para creerlo. Si de verdad lo han hecho, su desconcierto será consecuencia de su propia estupidez. Te sugiero que los informes rápidamente de que no habrá ningún matrimonio entre la señorita Wendover y yo.

Estupefacta, lady Catherine protestó.

—¡Estás loco! ¡Sería mortificante tener que hacer eso! —se incorporó y se sentó muy erguida, con las manos retorcidas en el regazo, totalmente consternada.

Martin reprimió un súbito impulso de confortarla. Tenía que aprender que el joven que salió de la casa hacía trece años ya no existía.

—Tengo que decir que cualquier vergüenza que puedas sentir sólo la ha causado tu forma de actuar. Es necesario que sepas que no dejaré que me manipules.

Incapaz de mirarlo a los ojos, lady Catherine bajó la mirada hacia sus dedos, sintiendo, por primera vez en varios años, una incontrolable necesidad de colocarse las faldas. De repente, Martin hablaba como su padre. Era exactamente igual que su padre.

Al ver que su madre permanecía en silencio, Martin continuó con calma, pero en tono seco:

—Y en cuanto al segundo punto, tengo que informarte de que, una vez que he tomado las riendas de mi herencia, he rescindido todos los contratos que había firmado George. Nuestros agentes, Matthews & Sons y los Bromleys, y nuestros banqueros, los Blanchards, continúan a nuestro servicio. A ellos los eligió mi padre, y siempre fueron leales. Pero mi gente se ha hecho cargo de esta finca y de las de Dorset, Leicestershire y Northamptonshire. Los hombres a los que había contratado George estaban sangrando las fincas. Está más allá de mi comprensión, madre, por qué ni siquiera cuestionaste la afirmación de que las tierras de los Merton, de repente, habían dejado de tener la capacidad de sostener a la familia.

Martin hizo una pausa para reprimir la ira que sentía. Con sólo pensar en el estado en que se había encontrado el condado se lo llevaban los demonios. Por la expresión de su madre, dedujo que necesitaba unos instantes para asimilar lo que le estaba revelando, así que dejó que su mirada vagara por la habitación.

En realidad, la mente de lady Catherine trabajaba febrilmente. De repente, recordó la extraña mirada que le había dedicado el viejo Matthews cuando ella, furiosa por que Martin hubiera heredado, había expresado su frustración y había enumerado un largo catálogo de los defectos de su hijo. Se había quedado asombrada cuando el hombre le había respondido, calmadamente, que el señor Martin era exactamente el tipo de hombre que necesitaban las fincas de los Merton. Ella nunca hubiera pensado que Matthews apoyaría a alguien como Martin, manirroto y libertino. Más tarde, había sabido que Martin había encargado a la misma firma que su familia la gestión de sus propios negocios. Había sido toda una impresión el darse cuenta de que su hijo tenía el tipo de negocios que requerían la asesoría y la gestión de Matthews &

Sons. El comentario de Matthews le había resultado molesto. Y en aquel momento, había entendido lo que él quería decir. Demonios, ¿por qué no se habría explicado con más claridad? ¿Y por qué ella no le habría preguntado nada?

Después de observar la cabeza agachada de Melissa, rubia con algunas canas, y de confirmar la conclusión a la que había llegado hacía años, de que no había nada dentro, Martin se volvió hacia su madre. Como había supuesto lo que ella estaría pensando, apretó los labios.

—Tienes mucha razón al decir que no tengo experiencia en dirigir fincas del tamaño de ésta. Las mías son mucho más grandes.

Aquellas palabras, al confirmar que su hijo había cambiado por completo, hicieron peligrar la compostura de la condesa. Y echaron por tierra sus planes.

Martin sonrió al ver su expresión.

—¿Es que creías que tu hijo pródigo iba a volver de una vida de privaciones para agarrarse a tus faldas?

La mirada que ella le dirigió fue respuesta suficiente. Martin se sentó en el alféizar de la ventana y estiró sus largas piernas.

—Siento muchísimo desilusionarte, pero no necesito tu dinero. Cuando vuelva a Londres, le diré a Matthews que venga para ayudarte a cambiar tu testamento. Espero que mantengas tu promesa de desheredarme. Damian nunca te perdonaría si no lo hicieras. Además —añadió con expresión candorosa—, él necesita el apoyo que le dará el saber que es tu heredero. Por lo menos, eso debería librarme de la necesidad de rescatarlo cada dos por tres de que sus acreedores lo tiren al río Tick. Por lo que a mí respecta, puede irse al infierno como y cuando quiera. Y si usa tu dinero para hacerlo, yo no pondré objeciones. Sin embargo, decidas lo que decidas finalmente, no se usará ni un penique más de tu dinero para mantener las fincas de la familia Merton.

Martin examinó el rostro de su madre, cuya belleza había sucumbido a los estragos de la edad. Después de la impresión inicial, había recuperado la compostura. Su mirada se había vuelto helada de nuevo y tenía los labios apretados, como si quisiera reprimir la incredulidad. A pesar de su enfermedad, todavía tenía el mismo carácter fuerte y decidido. Para sorpresa de Martin, se dio cuenta de que ya no sentía la necesidad de contraatacar, ni de devolverle los golpes, ni de impresionarla con sus éxitos para demostrarle lo mucho que se merecía su amor. Aquello también había muerto con los años.

—Y con respecto a tu última estipulación —dijo, levantándose del alféizar de la ventana y tirándose de las mangas para colocárselas a la perfección—, yo, por supuesto, viviré la mayor parte del tiempo en Londres. Aparte de eso, tengo intención de viajar por mis fincas y de visitar las de mis amigos, como es de esperar. También tengo la intención de traer invitados aquí. Según recuerdo, mientras mi padre vivió, el Hermitage era famoso por su hospitalidad –miró a su madre mientras terminaba de hablar. Ella tenía la mirada perdida, más allá de su hijo, luchando por enfocar aquella nueva imagen de él–. Por supuesto, esas visitas no ocurrirán hasta que la casa esté totalmente restaurada y amueblada.

–¿Qué? –la exclamación, poco apropiada de una dama, se le escapó a lady Catherine de los labios. Asombrada, miró directamente a su hijo a la cara, con una pregunta en los ojos.

–No tienes que preocuparte por eso –le respondió Martin, frunciendo el ceño. No había necesidad de que ella supiera el estado en el que se encontraba la casa. Aquello la mortificaría–. Voy a enviar a mis decoradores, una vez que hayan terminado en Merton House –hizo una pausa, pero su madre tenía de nuevo la mirada perdida. Cuando vio que no hacía ningún comentario más, Martin se irguió–. Vuelvo a Londres en una hora, así que, si no tienes nada más que decirme, me despediré.

–¿He de suponer que tus decoradores, siguiendo tus instrucciones, van a cambiar también estas habitaciones? –el sarcasmo que impregnaba las palabras de su madre podría haber cortado el cristal.

Martin sonrió. Rápidamente, revisó mentalmente las opciones que tenía.

–Si quieres, les diré que consulten contigo. Lo referente a tus habitaciones, claro.

Él no podía, evidentemente, encargarle a su madre

que supervisara las reformas y la decoración de toda la casa, y, a decir verdad, quería aprovechar aquella oportunidad para estampar su propio sello en la que había sido morada de todos sus antepasados.

La mirada de su madre le libró de toda preocupación de que ella respondiera a su rebeldía dejándose morir. Aliviado, arqueó una ceja con impaciencia.

De evidente mala gana, lady Catherine inclinó suavemente la cabeza a modo de despedida. Él le hizo una graciosa reverencia y saludó también a Melissa. Después, salió de la habitación.

Lady Catherine observó cómo se marchaba, y después reflexionó en silencio. Mucho después de que la puerta se hubiera cerrado, permanecía con la mirada fija en la chimenea, en el hogar apagado. Finalmente, deshaciéndose de sus recuerdos, no pudo evitar preguntarse si, en lo más profundo de su alma y a pesar de las dificultades, no estaba un poco aliviada de tener, de nuevo, a un hombre de verdad al mando de la situación.

Martin bajó las escaleras y salió por la puerta hacia el carruaje que lo esperaba, donde su par de purasangres preferidos piafaban con impaciencia. Una tos profunda lo saludó desde un costado del carruaje. Frunciendo el ceño, Martin acarició las narices aterciopeladas de los caballos y los rodeó para acercarse a su cochero, mozo de cuadra, secretario y ordenanza, Joshua Carruthers, que tenía los ojos llorosos y media cara tapada por un enorme pañuelo blanco.

—¿Qué demonios te ocurre? —mientras Martin formulaba la pregunta, se dio cuenta de la respuesta.

—No es nada más que un catarro —murmuró Joshua, mientras sacudía una mano para quitarle importancia. Tragó saliva y se guardó el pañuelo en uno de los bolsillos, dejando la nariz, colorada y brillante, a la vista de su amo—. Vamos a ponernos en camino.

Martin no se movió.

—Tú no vas a ninguna parte.

—Pero yo le he oído decir, claramente, que nada en el mundo le obligaría a pasar una sola noche en este agujero destartalado.

—Como de costumbre, tu memoria es acertada, pero no tu oído. He dicho que tú no vas a ninguna parte. Yo sí.

—¡No! Sin mí, no.

Exasperado, con las manos en las caderas, Martin observó cómo el viejo soldado se iba tambaleándose hacia la parte de atrás del coche. Cuando vio cómo se apoyaba en una de las puertas, mientras otro acceso de tos le hacía estremecerse, Martin soltó un juramento. Después, vio a dos mozos del establo que estaban observando la escena, y los llamó:

—Sujetad a los caballos.

Una vez que los dos caballos estuvieron asegurados, Martin agarró a Joshua por el codo y lo llevó hacia la casa sin contemplaciones.

—Considera esto como una orden de permanecer en las barracas. Demonios, Joshua, ¿no te das cuenta de que no habríamos avanzado ni un kilómetro y ya te habrías desmayado?

Joshua intentó protestar, pero fue en vano.

—Pero...

—Sé que este lugar no está en buenas condiciones —replicó Martin, empujando a su reticente cochero hacia arriba, por las escaleras—, pero ahora que nos hemos librado de ese maldito gerente, el resto del servicio recordará, sin duda, cómo se hacen las cosas. Al menos —añadió, deteniéndose en la puerta de la entrada—, eso espero.

Había dado órdenes para que el servicio se comportara tal y como lo había hecho mientras su padre vivía. La mayoría de los antiguos criados todavía estaban en la casa, así que esperaba que todo fuera razonablemente bien. Aquellos sirvientes, que habían trabajado con la familia Merton durante generaciones, se habían visto abrumados por el tirano al que George había contratado, y parecían, ya liberados, completamente decididos a conseguir que el Hermitage volviera a recuperar su antiguo esplendor.

—¿Y los caballos? —preguntó Joshua.

Martin arqueó las cejas.

—No estarás a punto de sugerir que no sé cómo manejar a mis propios caballos, ¿verdad?

Farfullando algo en voz baja, Joshua le dirigió una sombría mirada.

—Vete directamente a la cama, viejo cascarrabias.

Cuando te hayas recuperado y puedas montar, toma un caballo del establo y ven a Londres.

Joshua dio un bufido, pero sabía que no merecía la pena discutir. Se conformó con hacer una última advertencia:

—Va a haber lluvia, así que será mejor que se dé prisa.

Después, se dio la vuelta y entró por una de las puertas laterales del vestíbulo.

Sonriendo, Martin volvió al carruaje. Despidió a los mozos y subió al coche. Agitó las riendas y se puso en marcha sin mirar atrás.

Cuando salía por la verja de hierro de la finca, dejó escapar un suspiro. Durante trece años, la casa había brillado en su recuerdo como un lugar lleno de encanto y de gracia, un paraíso que ansiaba recuperar. El destino le había concedido volver a su hogar, pero le había negado su sueño. El encanto y la gracia se habían desvanecido, privados de todo cuidado, cuando su padre había muerto.

Él lo recuperaría. Le devolvería la belleza, el sentimiento de paz. Estaba completamente decidido a conseguirlo. En realidad, estaba contento de dejar atrás la casa; permanecería en Londres hasta que el trabajo estuviera terminado. La próxima vez que viera su hogar, sería de nuevo el lugar que había llevado en su corazón durante todos aquellos años de exilio. Su paraíso particular.

El camino hacia Taunton se extendía ante él. Miró

hacia el oeste; Joshua tenía razón al decir que habría lluvias. Martin pensó en las opciones que tenía: si se detenía en Taunton, le quedaría demasiado camino hasta Londres como para hacerlo al día siguiente; iría hacia Ilchester. Joshua y él habían pasado la noche en el Fox, razonablemente cómodos. Una vez decidido, Martin soltó un poco las riendas y dejó que los caballos estiraran las patas. Según su memoria, el camino hasta Ilchester no era demasiado largo, así que conseguiría llegar antes de que empezara la tormenta.

Dos horas después, el carruaje se inclinó peligrosamente cuando las ruedas se metieron, por enésima vez, en un surco. Martin soltó un juramento. Tiró de las riendas para detenerse y observar el cielo, cada vez más oscuro. El camino, que él recordaba como una buena carretera, no había estado a la altura de sus expectativas. Un ruido retumbó en la lejanía. Martin miró al horizonte, que casi no se veía, bajo una inmensa nube gris. No creía que fuera posible ni siquiera llegar a la carretera de Londres antes de que comenzara la tormenta.

Estaba hablándoles dulcemente a los caballos para que prosiguieran el camino, cuando un grito rasgó el aire. Los animales se asustaron. Rápidamente, él bajó del coche y se acercó a ellos para tranquilizarlos, justo antes de oír un segundo grito. Sin duda alguna, era una mujer, y provenía del bosquecillo que había al lado del camino. Rápidamente, Martin ató a los caballos a un tronco y tomó un par de pistolas que llevaba en el asiento de atrás del carruaje. Silenciosamente, avanzó hacia el lugar de donde provenían los chillidos.

Unos instantes después, se quedó inmóvil. En el pequeño claro que se abría ante él había tres personas enzarzadas en una lucha.

—¡Estate quieta, pequeña...!

—¡Oh! ¡Dios! Me ha mordido el dedo, la muy...

Cuando una de las figuras se separó, Martin vio claramente que eran dos hombres y una mujer. Claramente, era una señora. Iba vestida con un traje de noche de seda que brillaba a la luz del atardecer. El más alto de los hombres se las arregló para agarrar a la mujer por detrás y le juntó las manos por la espalda. A pesar de los esfuerzos que ella hacía por patearlo, él consiguió sujetarla.

—Escuche, señora. Mi amo dijo que la retuviésemos aquí y que no le tocáramos un solo pelo de la cabeza. Pero, ¿cómo vamos a conseguirlo si usted no se está quieta?

La exasperación que transmitía la voz del hombre hizo que Martin sonriera comprensivamente. El claro era demasiado grande como para que él pudiera arrastrarse hasta ellos. Silenciosamente, se movió alrededor hasta colocarse a la espalda del hombre que estaba sujetando a la mujer.

—¡Idiotas! ¿Es que no saben cuál es el castigo por secuestro? Si me dejan marchar, les pagaré el doble de lo que les ha ofrecido su amo.

Martin arqueó ambas cejas. La voz de la mujer le pareció, inesperadamente, muy madura. Estaba claro que ella no había perdido la cabeza.

—Quizá sí, señora —respondió el otro hombre, doliéndose de su dedo—, pero el amo es un terrateniente, y ellos son muy malos cuando están enfadados. No. La verdad es que no sé cómo podríamos complacerla.

Sosteniendo las dos pistolas cargadas, Martin salió de entre los árboles.

—Pero bueno, ¿es que nadie les ha enseñado que siempre se debe complacer a una señora?

El hombre que sostenía a la mujer la liberó y se volvió para mirar a Martin.

En aquel momento, al ver cómo el otro sacaba un cuchillo, Martin disparó y le alcanzó en el codo. El hombre soltó el cuchillo y dejó escapar un aullido de dolor. Su compañero se volvió hacia él, y por eso no pudo ver la bonita escena del ex comandante Martin Willesden, soldado de fortuna y experimentado hombre de armas, derribado por un puñetazo en la mandíbula, propinado por un pequeño puño. Martin, que tenía puesta su atención en el hombre al que había disparado, no vio el golpe que se avecinaba. Al echarse hacia atrás, se golpeó la cabeza con una rama, se quedó sin sentido y se derrumbó al suelo.

Helen Walford observó la larga figura tendida a sus pies. ¡Dios Santo! ¡No era Hedley Swayne! El hombre todavía tenía la pistola descargada en la mano izquierda, y en la derecha tenía la otra, preparada para disparar. Como un rayo, Helen la tomó y se dio la vuelta para apuntar a su captor.

—¡No se acerque! Sé usar esto.

Al notar la firmeza con la que Helen le apuntaba al pecho, el hombre se tomó en serio la amenaza. Se volvió para mirar a su compañero, que estaba de rodillas quejándose de dolor. Después, le lanzó a Helen una mirada malévola.

—¡Maldita sea!

Después se agachó para ayudar a su amigo, gruñendo:

—Vámonos de aquí. El jefe va a llegar pronto. En mi opinión, él podrá hacerse cargo de esto.

Al oír lo que decía, Helen abrió los ojos de par en par.

—¿Quiere decir que éste no es su jefe?

Y miró a la figura yacente que había a sus pies. ¡Cielos! ¿Qué había hecho?

El hombre lo miró también.

—¿Ese estúpido? No lo había visto nunca, señora.

—Sea quién sea, no va a estar muy contento con usted cuando se despierte —añadió el otro, con sarcasmo.

Helen tragó saliva y después les hizo un gesto a los delincuentes para que se movieran. Tambaleándose, se fueron hasta sus caballos, montaron y se marcharon.

Una vez sola en el claro, con su rescatador desmayado, Helen reflexionó sobre el desastroso día que había tenido.

La habían secuestrado la madrugada anterior, la habían envuelto en una manta maloliente y la habían pasado de un carruaje a otro, maniatada, sin contemplaciones. Todavía le dolía la cabeza. Y, cuando por fin la rescataban, ella derribaba a su salvador de un puñetazo.

Con un gruñido, Helen se apretó la sien.

El destino se estaba divirtiendo con ella.

Le dolía la nuca. La primera sensación que tuvo Martin al despertar lo convenció de que todavía estaba vivo.

Sin embargo, cuando abrió los ojos, se dio cuenta de su error. Tenía que estar muerto. Había un ángel por encima de él, cuyo pelo dorado brillaba sobrenaturalmente. Una punzada de dolor hizo que cerrara de nuevo los ojos.

No podía estar muerto. Le dolía demasiado la cabeza, aunque estuviera apoyado en el regazo más suave del mundo. Una mano delicada le acariciaba la frente. La atrapó con una de las suyas. No era un espectro, aquel ángel, sino un ser de carne y hueso.

—¿Qué ha ocurrido? —dijo, haciendo un gesto de dolor.

Helen, inclinándose hacia delante, lo miró con otro gesto comprensivo.

—Me temo que lo he golpeado en la mandíbula. Usted se cayó hacia atrás y se golpeó con una rama.

Helen se sentía muy culpable. En cuanto se habían marchado los secuestradores, se había puesto de rodillas al lado de su víctima. Dejando a un lado todas las dudas propias de una doncella, ya que, al fin y al cabo, ella ya no era ninguna doncella, se había inclinado hacia él para examinar la gravedad de sus heridas. Aquel hombre tenía unos hombros muy pesados, pero finalmente, había conseguido levantarle la cabeza y colocársela en el regazo, y le había retirado de la frente los rizos negros y brillantes.

Martin le sujetó la mano, sin querer dejar que se le escapara lo único que lo anclaba a la realidad. Era una mano pequeña, de huesos delicados. Poco a poco, el dolor fue remitiendo en cierta medida, hasta hacerse soportable. Alzó la mano libre para palparse el golpe de la barbilla, y recordó, justo a tiempo, no intentar hacer lo mismo con el golpe de la nuca. Era evidente que estaba descansando sobre el regazo de una dama.

—¿Siempre ataca a los que la rescatan? —preguntó Martin, haciendo esfuerzos por levantarse.

—Debo disculparme —dijo Helen, mientras lo ayudaba, mirándolo con preocupación—. Pensé que era usted Hedley Swayne.

Con cuidado, Martin examinó su chichón. La voz de aquella mujer confirmaba su cualidad angelical. Era como la miel caliente.

—¿Quién es Hedley Swayne? —preguntó, con el ceño fruncido—. ¿El hombre que planeó su secuestro?

Helen asintió.

—Eso creo.

Debería haber supuesto que aquel hombre no era Hedley Swayne. Su voz era demasiado profunda y grave. Se sintió azorada por la desafortunada coyuntura en la que había ocurrido su encuentro y bajó la mirada para examinar sus propias manos, agarradas en el regazo, preguntándose qué estaría pensando su rescatador. Ella había tenido la oportunidad de admirar su largura, más que impresionante, mientras estaba inconsciente. La mirada que había podido lanzarle antes de pegarle el puñetazo le había producido una impresión más que buena. A pesar de la situación en que se encontraba, Helen sonrió. No recordaba que algo la hubiera impresionado tan favorablemente en los últimos años. De repente, se dio cuenta de algo: lo había golpeado y lo había dejado sin sentido. Él, indudablemente, no estaba impresionado en absoluto.

Observando furtivamente a su dama en apuros, arrodillada a su lado, Martin entendía perfectamente por qué había pensado que era un ángel. Su espeso pelo, rizado y rubio, le caía desordenado por los hombros. Unos hombros muy bien torneados, por cierto. Llevaba un vestido de noche de color melocotón que se ajustaba graciosamente a sus curvas. No podía saber si era muy alta, pero el resto de su cuerpo tenía líneas generosas. La miró a la cara, pero con aquella luz débil del atardecer, no distinguía sus rasgos a la perfección. Tuvo un súbito e inesperado deseo de ver más, a la luz del mediodía.

—¿He de suponer que el tal Hedley Swayne va a llegar en cualquier momento?

—Eso es lo que han dicho los dos hombres —respondió Helen, desdeñosamente. En realidad, su secuestrador no le suscitaba mucho interés. Aquél que la había rescatado era mucho más fascinante.

Lentamente, Martin se levantó con ayuda de su ángel. Se sentía un poco afectado por su cercanía.

—¿Por qué se han marchado? —él se dio cuenta de que era bastante alta. Sus rizos le habrían hecho cosquillas en la nariz si estuviera más cerca, y su frente habría quedado a la altura de sus labios. Era la estatura adecuada para un hombre tan alto como él. Tenía unas piernas gloriosas, deliciosamente largas. Él reprimió el deseo de examinarlas más de cerca.

—Los apunté con la segunda pistola —al notar la distracción de su rescatador, Helen se preguntó preocupada si no lo habría herido de gravedad en la cabeza. En aquel momento, recordó las pistolas, y se agachó para recogerlas, de manera que la falda del vestido dibujó su parte trasera con precisión.

Martin desvió la mirada, sacudiendo la cabeza para deshacerse de las fantasías que se agolpaban en su mente. ¡Demonios! ¡Estaban en una situación peligrosa! No era el momento de coquetear. Carraspeó, y dijo:

—Tal y como me encuentro, creo que lo mejor sería marcharnos de aquí antes de que llegue el señor Swayne. A menos que usted prefiera que nos quedemos y nos enfrentemos a él.

—¡Cielos, no! Él vendrá con sus hombres. Nunca viaja sin ellos —el desprecio que sentía por su secuestrador teñía su tono de voz. De repente, le vino un pensamiento a la cabeza—. ¿Dónde estamos?

—Al sur de Taunton, en el camino hacia Ilchester.

—¿Taunton? Hedley mencionó una finca en Cornwall. Supongo que es allí donde pensaba llevarme.

Martin asintió. La explicación tenía sentido, dado el lugar en el que se encontraban. Miró a su alrededor para orientarse, y después tomó las pistolas que ella sostenía.

—Si ese hombre va a venir con amigos, sugiero que nos marchemos cuanto antes. Mi coche está en un camino al lado del bosque. Pasaba por allí cuando oí sus gritos.

—Gracias al cielo —dijo ella, sacudiéndose las faldas—. Tenía muy pocas esperanzas de que alguien pasara por la carretera principal.

Miró a su rescatador y se encontró con que él la estaba estudiando, aunque las sombras ocultaran la expresión de su rostro.

Martin estaba sonriendo con ironía. Su ángel todavía no había salido de aquel bosque.

—No me gusta tener que apartarla del alivio de ese pensamiento, pero estamos bastante lejos de cualquier carretera principal. Yo había tomado un atajo a través de varios caminos, con la esperanza de llegar a Londres antes de la tormenta.

—¿Va usted a Londres?

—Sí —respondió Martin. Las ramas de los árboles le impedían juzgar si la tormenta estaba demasiado cerca—. Pero primero, tendremos que encontrar un refugio para la lluvia.

Con una última mirada a su alrededor, Martin le ofreció su brazo.

Reprimiendo una punzada de nerviosismo, Helen lo aceptó y se apoyó. No tenía más remedio que confiar en él, aunque su confianza en los hombres en aquel momento no fuera muy grande.

—¿La secuestraron a usted en Londres?

—Sí —aunque en un primer momento respondió sin ninguna sospecha, aquella pregunta le recordó a Helen que tenía que ser muy cautelosa hasta que averiguara más de su rescatador, a pesar de que fuera tan fascinante.

Mientras caminaban hacia el carruaje, la sutil deferencia con que él la ayudaba a sortear los obstáculos del camino hizo que sus miedos se desvanecieran y se sintiera protegida. Aliviada al constatar que era tan caballeroso como elegante, se relajó.

Martin esperó hasta que estuvieron a alguna distancia del claro para mitigar su curiosidad. Le ardía la lengua de ganas de preguntarle quién era, pero, indudablemente, era mejor dejar aquello para más tarde, así que se conformó con preguntarle por su secuestrador.

—¿Quién es Hedley Swayne?

—Un petimetre —dijo ella, sin dar más detalles.

—¿Me ha confundido usted con un petimetre? —a pesar de la gravedad de la situación en la que se encontraban, los impulsos de Martin eran demasiado fuertes como para reprimirlos. Cuando ella volvió la cabeza para mirarlo, con los ojos abiertos como platos y con una expresión confusa, él aprovechó para interrogarla diabólicamente con la mirada.

Helen se quedó sin respiración. Durante un instante, su mirada se quedó atrapada en la de aquel hombre, y tuvo que hacer un esfuerzo por recuperar el buen sentido y responder a la pregunta.

—Yo no lo había visto, recuerde.

Al oír su disculpa suave y ligeramente ronca, Martin se rió entre dientes.

—Ah, cierto.

El tronco de un árbol caído les bloqueaba el paso. Él la liberó para saltarlo, y después se volvió y le extendió las manos. Helen lo miró a la cara. Tenía una expresión misteriosa, los rasgos duros y la piel más bronceada de lo que uno solía ver. Ella se preguntó de qué color tendría los ojos. Con una calma que no estaba muy segura de sentir en realidad, le dio las manos. Cuando sintió sus dedos fuertes cerrarse alrededor de los suyos, notó una extraña presión en el pecho. Helen miró de nuevo hacia abajo para ocultar el ridículo nerviosismo que la había invadido. ¿No era ya demasiado mayor para aquellas reacciones de cría?

Cuando estuvo de nuevo a su lado, Martin observó su cabeza agachada, perfectamente seguro de que el temblor que había sentido en los dedos de ella no había sido fruto de su imaginación. Tenía demasiada experiencia en sutilidades de aquella clase, así que buscó algún tema de conversación para distraerla.

—Confío en que no haya sufrido ningún daño por parte de esos rufianes.

Decidida a no dejar que se trasluciera su estúpido nerviosismo, Helen sacudió la cabeza.

—No, en absoluto. Ellos tenían órdenes de cuidarme.

—Eso es lo que oí. Sin embargo, me atrevería a decir que usted estaba un poco confundida y asustada.

Helen se rió.

—¡Oh, no! Le aseguro que no soy una pobre criatura —ella lo miró a la cara, y se dio cuenta de que no la creía por completo—. Está bien. Reconozco que tenía algunas dudas, pero cuando vi que estaban siendo todo lo amables que podían ser, no sentí miedo por mi vida.

—Entonces, he rescatado a una amazona.

La afirmación hizo que Helen se riera suavemente y moviera la cabeza, pero no dejó que él la provocara más. Mientras avanzaban hacia el camino, se concentró en su situación. Una vez que la incertidumbre de su secuestro había terminado, se dio cuenta de lo extraña que había sido su reacción ante lo que estaba sucediendo. Estaba atardeciendo, y ella estaba andando por el bosque, a solas, con un desconocido. Aunque estaba bastante segura de que era un caballero, no estaba tan segura de que fuera seguro bajar la guardia con respecto a sus inclinaciones. Sin embargo, en aquel momento sentía un cosquilleo extraño. Una sonrisa curvó sus labios sin que pudiera remediarlo. Desde la niñez, no había vuelto a sentir aquel deseo de aventuras. No entendía la razón por la que aquel sentimiento salía a la superficie en aquel momento, pero estaba segura de que era en respuesta al efecto que tenía en ella aquel desconocido. En realidad, no tenía ningún deseo de reprimirlo. Su vida había sido demasiado seria y mundana desde niña. Un poco de aventura aligeraría la triste perspectiva de su futuro solitario.

Salieron de entre los árboles. En el camino había un moderno carruaje con dos caballos que piafaban y se movían impacientes.

—¡Qué bellezas! —exclamó Helen.

El coche y los animales hablaban por sí solos. Su rescatador era un hombre rico. Sonriendo, él le soltó la mano al lado del carruaje y se acercó a los caballos para acariciarles la nariz.

Helen miró el asiento del coche y se preguntó cómo podría subir con el mínimo decoro, llevando aquel vestido de noche, cuando un par de manos fuertes la tomaron por la cintura y la elevaron, sin ningún esfuerzo, hasta el asiento.

—¡Oh! —dijo, sorprendida, y reprimió un grito. Se ruborizó vivamente y dijo—: Eh... gracias.

La sonrisa de su rescatador era malvada. Helen observó cómo desataba las riendas y subía al coche, a su lado, con la elegancia y agilidad de un atleta. Le afectaba de un modo deliciosamente excitante, pensó Helen. Entonces, él la miró.

—¿Está cómoda?

Ella asintió, y aquella simple pregunta le dio seguridad. En su opinión, ningún canalla le preguntaría a su víctima si estaba cómoda. Su rescatador la ponía nerviosa, pero no la asustaba.

A Martin le cayó una gota de agua en el hombro cuando agitó las riendas. Tenía que intentar no caer en la contemplación de la mujer que tenía al lado y concentrarse en asuntos más prácticos. Se estaba haciendo de noche y el tiempo era cada vez peor. Además, se dio cuenta de que su compañera no podría aguantar mucho el frío que se avecinaba. Sólo llevaba un fino vestido de seda, y si aún no estaba tiritando, sería cuestión de poco tiempo.

—Si me perdona la impertinencia, ¿cómo es que no lleva ni siquiera un abrigo?

Helen frunció el ceño, reflexionando. ¿Hasta qué punto sería seguro revelar demasiado? Entonces, levantando inconscientemente la barbilla, respondió:

—Estaba en Chatam House, en el baile de cumpleaños de lady Chatam. Un criado me trajo una nota que me pedía que fuera a ver a... un amigo, a la puerta.

Pensándolo bien en aquel momento, se dio cuenta de que debería haber sido más prudente.

—Había... circunstancias que hacían que aquella petición fuera algo razonable en aquel momento —explicó—. Pero no había nadie. Al menos, eso creía yo. Esperé unos instantes, y justo cuando iba a entrar de nuevo, alguien, seguramente uno de esos dos rufianes, me tapó la cabeza con una manta.

Helen se estremeció ligeramente.

—Me metieron en un coche que estaba esperando sin que nadie lo viera, porque era pronto y no había más carruajes esperando. Así que, por eso no llevo abrigo.

—Ya entiendo —Martin pisó las riendas y se volvió al asiento de atrás para tomar el suyo. Después, se lo colocó a la dama por los hombros y volvió a tomar las riendas—. ¿Por qué piensa que fue Hedley Swayne el que ordenó su secuestro?

Helen frunció el ceño. En realidad, pensándolo con detenimiento, no había ninguna prueba concluyente que relacionara a Hedley con el secuestro.

Al observar su expresión pensativa, Martin le preguntó:

—No tiene pruebas, es sólo un presentimiento, ¿verdad?

Al oír su voz, con un ligero tono de superioridad, Helen reaccionó rápidamente.

—Si supiera cómo se ha estado comportando Hedley últimamente, no lo dudaría.

—¿Cómo ha estado comportándose?

—Ha estado presionándome para que me casara con él, sólo Dios sabe por qué.

—¿No ha sido por las razones obvias?

Absorta en sus pensamientos acerca de Hedley Swayne, Helen sacudió la cabeza.

—No, definitivamente no —de repente, recordó con quién estaba hablando y se ruborizó. Rezando por que la escasa luz del atardecer no la delatara, se apresuró a continuar—: Hedley no es del tipo de los que se casan, ¿sabe?

Martin sonrió, pero no hizo ningún comentario.

Helen pensó en el inicuo señor Swayne y frunció el ceño.

—Desgraciadamente, no tengo ni la más mínima idea de por qué quiere casarse conmigo.

Mientras continuaban en silencio por el camino que transcurría entre pastos verdes rodeados de setos, sin encontrar ni una sola granja, a Martin se le ocurrió pensar en un detalle importante.

—¿Les dijo a esos hombres que estaba en un baile cuando la secuestraron? ¿Ha estado usted perdida desde anoche?

Helen asintió.

—Sí, pero yo había ido en mi propio coche; muchos de mis amigos no han regresado todavía a la ciudad, después del verano.

—¿Cree que su cochero habrá dado la alarma?

Lentamente, Helen negó con la cabeza.

—No inmediatamente. Habrá pensado que he vuelto a casa en el coche de algún amigo, y que no le ha llegado mi recado por alguna circunstancia. Eso nos ha ocurrido antes. Mi gente no se habrá dado cuenta de que realmente he desaparecido hasta esta mañana. Me pregunto qué harán —terminó, pensativamente.

Martin también reflexionó sobre su propio papel en todo aquello. Cabía la posibilidad de que lo tomaran por el secuestrador, y aquello le acarrearía tener que dar explicaciones para negarlo. Aquello era un embrollo en el que no quería verse involucrado nada más aparecer en Inglaterra, cuando todavía tenía que establecer su reputación.

—Ciertamente, causará un buen revuelo cuando aparezca de nuevo.

—Mmm —la mente de Helen había viajado rápidamente desde lo que podría estar ocurriendo en Londres hasta la preocupación que le causaba el hombre que estaba a su lado. Su rescatador no le había preguntado aún su nombre, ni se había identificado él mismo. Sin embargo, todavía sentía ganas de correr aventuras. Permanecer de incógnito le parecía perfectamente adecuado. Se sentía cómoda y segura. Estaba segura de que conocer sus nombres era innecesario.

Mientras se afanaba en controlar a los caballos por aquel camino, cada vez más difícil, Martin se estrujaba el cerebro en busca de un modo aceptable de preguntarle a su compañera cómo se llamaba. Aquella situación era extraña. No habían sido presentados formalmente, y él no tenía esperanzas de que ella le ofreciera aquella información. No quería preguntárselo directamente, porque no quería que ella se sintiera obligada a decírselo en gratitud por haberla rescatado. Sin embargo, sin saber el nombre, ¿cómo iba a encontrarla en Londres? Él tenía que presentarse también, por supuesto, pero no quería hacerlo hasta estar más seguro de ella.

Empezaron a oírse truenos lejanos. El cielo estaba cada vez más oscuro y a Martin le cayó otra gota de lluvia sobre el hombro. Miró a su acompañante, todavía pensativa, y le dijo:

—Mucho me temo, querida mía, que tenemos ante nosotros nuestro refugio para esta noche. Estamos a kilómetros de distancia de la posada más cercana, y los caballos no soportarán una tormenta.

Helen miró hacia delante. Al ver la estructura de madera, sopesó la proposición de pasar la noche en un pajar con aquel hombre, y le pareció una situación atractiva.

—No se preocupe por mí —respondió—. Si tengo que vivir una aventura, sería completa al tener que pasar la noche en un pajar. Parece que está abandonado, ¿no cree?

—¿En esta zona? No creo. Seguramente, estará lleno de paja fresca.

Y lo estaba. Mientras Martin les quitaba los arneses a los caballos, ella rodeó el pajar por el exterior y descubrió un pozo. Se apresuró a sacar agua para los caballos y a llenar todos los cubos que encontró. Después de dar de beber a los animales, se lavó la cara para quitarse el polvo del camino. Una vez que se hubo refrescado, recordó que no tenía pañuelo. Con los ojos cerrados, oyó una suave risa a su lado y sintió unos dedos fuertes que la tomaban de la mano y que le daban un pañuelo. Rápidamente, Helen se secó la cara y se volvió.

Él estaba a un metro de distancia, detrás de ella, con una sonrisa sutil en los labios. Había encontrado un farol y lo había colgado de las escaleras que subían al piso de arriba. La luz se le reflejaba en el pelo y hacía que le brillaran los rizos negros; tenía los ojos grises, y la miraba perezosamente. Era guapo. Demasiado guapo. ¡Demonios! Ningún hombre tenía derecho a ser tan guapo. Con un esfuerzo, disimuló su reacción e hizo una elegante reverencia.

—Gracias, señor, de todo corazón, por su pañuelo y por rescatarme.

La sonrisa sutil se hizo más profunda y le confirió a su rostro una expresión sensual.

—Ha sido un placer, bella Juno.

Aquella vez, su voz hizo que Helen se estremeciera. ¿Bella Juno? Helen le alargó el pañuelo con la esperanza de que no se le notara el temblor.

Mientras tomaba el pañuelo, Martin dejó que su

mirada se recreara, pero consiguió dominarse rápidamente. Demonios, se suponía que era un caballero, y ella era, claramente, una señora. Si continuaba mirándola así, era probable que se le olvidaran todas aquellas consideraciones.

Con suavidad, se volvió hacia un enorme contenedor que estaba apoyado contra una de las paredes.

—Aquí hay maíz. Si conseguimos moler un poco, podremos hacer tortas para cenar.

—Me temo que... —dijo ella, un poco nerviosa, obligada a admitir su ignorancia.

Su rescatador le dedicó una sonrisa deslumbrante.

—No se preocupe, yo sé cómo hacerlo. Ayúdeme.

Así pues, salieron del pajar y encontraron dos piedras, una bastante plana para la base y la otra redonda, para moler el grano. Mientras ella hacía un poco de harina, él encendió un pequeño fuego al lado de la puerta del pajar, justo bajo el alerón del tejado, que lo protegía de la lluvia.

De vez en cuando, un trueno asustaba a los caballos, pero después los animales se tranquilizaban. Dentro del pajar se estaba cómodo y seco.

—Con esto será suficiente.

Helen, que estaba sentada en un montón de paja, miró a su mentor, de pie a su lado, con un cubo de agua en la mano.

Martin le enseñó a Helen cómo hacer la masa, y después ella la acercó al fuego, donde él había colocado, después de lavarla, una vieja pieza de hierro.

Martin echó unas gotas de agua y observó cómo chisporroteaba en la superficie con ojo crítico.

—Perfecto —dijo, sonriendo—. El truco consiste en no dejar que se caliente demasiado.

Con facilidad, colocó dos trozos de masa en la improvisada sartén.

—¿Cómo sabe hacer todas estas cosas?

—Entre todas las cosas que he hecho en el pasado, también he sido soldado.

—¿En la Península?

Martin asintió. Mientras cocinaban y comían las tortas, él la entretuvo con una versión fascinante, aunque censurada, de aquellos días. Evidentemente, el relato culminó con la batalla de Waterloo.

—Después de eso, volví a mis... negocios.

Él se levantó y se estiró. La noche se cernía, oscura, sobre ellos. Eran las únicas almas en kilómetros a la redonda. Se le curvaron los labios en una sonrisa irónica. Perdido en un pajar, con la bella Juno. Qué oportunidad para sus inclinaciones. Desgraciadamente, la bella Juno era de buena cuna y estaba bajo su protección. Borró la sonrisa de su rostro antes de que ella la viera, se levantó y le ofreció su mano para ayudarla a levantarse.

—Es hora de acostarse —dijo, señalándole la escalera—. Hay muchas pilas de paja fresca en la parte de arriba. Estaremos cómodos para pasar la noche.

Martin subió y, una vez que estuvo arriba, se tragó unos cuantos juramentos. Había pensado que subir primero era lo mejor, para evitar la vista accidental de las pantorrillas y los tobillos de su compañera, y ahorrarle el azoramiento. Pero la vista que tenía en aquel momento, una notable extensión de pecho blanco bajo el escote de su vestido, era igualmente escandalosa y tentadora. ¿Y tendría que pasar la noche entera con ella a su alcance?

Apretó los dientes y adoptó una expresión tranquila.

Cuando estuvieron arriba, él apagó el farol y extendió por la paja el abrigo que ella había llevado puesto. Después le alcanzó la manta del carruaje, que había subido también.

—Usted puede dormir aquí. Tápese, o pasará frío.

Sin embargo, aunque llevaba un vestido muy fino, Helen no aceptó, al darse cuenta de que era la única manta.

—Pero, ¿y usted? ¿No tendrá frío, también?

Oculto en las sombras, Martin sonrió. Tenía la esperanza de que el aire frío de la noche le refrescase la imaginación febril. Para disimular la dirección de su pensamiento, forzó el tono de voz para que fuera menos grave.

—Dormir en un pajar lleno de paja fresca no es nada comparado con los rigores de una campaña militar —dijo, y después se tumbó sobre la paja, a buena distancia de su abrigo.

Casi a oscuras, Helen vio que le sonreía. Ella sonrió

también y se envolvió en la manta antes de tumbarse sobre el abrigo.

—Buenas noches.

—Buenas noches.

Durante diez minutos reinó el silencio. Martin contempló las nubes a través de la ventana del pajar, que dejaban entrever la luna. Después, sonó un trueno, y los caballos relincharon suavemente. Él oyó a su acompañante moverse intranquila.

—¿Qué pasa? ¿Le dan miedo los ratones?

—¿Los ratones? —al oírlo, Helen se incorporó de un salto.

En silencio, Martin se maldijo por tener la lengua tan larga.

—No se preocupe por ellos.

—Que no me preocupe... Debe de estar bromeando.

Martin vio claramente cómo ella se estremecía, iluminada por la luz de la luna que entraba por el ventanal. Dios Santo, era un hada.

Helen se envolvió bien en el abrigo mientras luchaba por controlar el pánico. Se sentó y respiró hondo, hasta que sonó otro trueno fortísimo.

—Para que lo sepa, le tengo terror a las tormentas —la confesión fue hecha con una voz muy aguda, tiritando—. Y estoy helada.

Martin notó que estaba realmente asustada. ¡Demonios! La tormenta todavía no había desatado su furia por completo. Si no hacía nada por calmarla, se pondría histérica. Se preguntó a sí mismo qué sería más seguro, si pasar una noche inocente con la bella Juno o si hacer la guerra en España. Suspirando, se puso en pie y se resignó a hacer algo que podría ser descrito como masoquismo. Aquello le haría imposible conciliar el sueño. Se acercó a ella, se sentó a su lado y le dio un rápido abrazo. Después, sin hacer caso de su reticencia y de su confusión, la obligó a tumbarse y a que apoyara la cabeza en su hombro. Los rizos rubios le hacían cosquillas en la barbilla.

—Y ahora, a dormir —dijo con seriedad—. Los ratones no van a atacarla, y está a salvo de la tormenta. Además, así no tendrá frío.

Helen no sabía qué le daba más miedo, si la tormenta o la marea de emociones que estaban echando por tierra su confianza. Nada, en su experiencia vital, la había preparado para pasar la noche en brazos de un extraño, pero con la tormenta, prefería no salir de su refugio. Poco a poco, al notar que el hombre estaba silencioso y quieto, fue relajándose.

Cuando Martin notó que se derretía contra él, reprimió una maldición y obligó a sus músculos a mantenerse inmóviles.

—Buenas noches —dijo Helen, somnolienta.

—Buenas noches —respondió él, con la voz entrecortada.

Sin embargo, Helen no pudo conciliar el sueño. Martin, consciente durante todo el tiempo del cuerpo cálido y tentador que estaba abrazando, notó cómo se estremecía con cada trueno. Después de uno especialmente violento, ella murmuró:

—Me acabo de dar cuenta de que no sé ni siquiera cómo se llama.

Helen excusó su mentira valiéndose de las sutilezas sociales; en realidad, llevaba horas pensando en cómo sacar el tema. Su inesperada intimidad le dio el motivo que esperaba. Era una parte de la aventura que él no supiera su nombre, pero ella quería saber el de aquel hombre.

—Martin Willesden, a su servicio —a pesar de la agonía que estaba pasando, Martin sonrió en la oscuridad. Estaba deseando servirla de muchas formas diferentes.

—Willesden —repitió Helen, bostezando. Entonces, abrió mucho los ojos—. ¡Oh, cielos! ¡No será ese Martin Willesden! ¿El nuevo conde de Merton? —Helen se separó un poco para mirarlo a la cara.

Martin estaba entretenido por su tono de voz.

—Eso me temo —respondió—. Deduzco que mi reputación me ha precedido.

—¿Su reputación? —Helen tomó aire—. Usted, mi querido señor, ha sido el único tema de conversación durante los últimos quince días. ¡Todo el mundo se muere por ver su cara! ¿La oveja negra, que ahora ostenta el título, va a unirse a la sociedad o va a dejarnos con el saludo en la boca?

Martin dejó escapar una suave risa.

Helen notó cómo le retumbaba el pecho. La tentación de extender sus manos sobre los músculos duros era abrumadora. La reprimió y volvió a apoyar la cabeza sobre su hombro.

—Lo melodramático no es lo mío —dijo Martin—. Desde que he llegado he estado demasiado ocupado poniendo las cosas en orden como para presentarme en sociedad. En este momento, vuelvo de inspeccionar mi casa principal. Me uniré a las actividades sociales y a los entretenimientos corrientes cuando llegue a Londres.

—¿Los entretenimientos corrientes? —repitió Helen—. Sí, ya me imagino.

—¿De verdad? ¿Qué puede usted imaginarse de los entretenimientos de un vividor?

Helen reprimió la tentación de contestarle que había estado casada con uno.

—Demasiado —replicó. Entonces, lo extraño de aquella conversación la sorprendió, y soltó una risita—. Creo que debería decirle que esta conversación es impropia —dijo en tono alegre, tal y como se sentía. Era perfectamente consciente de que su situación en aquel momento era escandalosa, pero sin embargo, le parecía que todo era correcto, y estaba contenta.

La opinión de Martin era mucho más mordaz. Primero, ella lo había golpeado en la mandíbula y había hecho que se golpeara la cabeza contra una rama. Después, aquello. ¿Qué otras torturas iba a infligirle?

Con un suave suspiro, Helen se acurrucó contra él.

Martin apretó la mandíbula e hizo un esfuerzo para mantenerse pasivo. Ella dejó escapar una risa que a él le pareció de sirena.

—Acaba de ocurrírseme que me he escapado de las garras de un lechuguino para caer en brazos de uno de los más conocidos calaveras que nunca haya conocido Londres —soltó otra risita y, para asombro de Martin, se quedó dormida al instante.

Martin se quedó inmóvil, reflexionando en la oscuridad. Ella había admitido que conocía el modo de vida y las actividades de los vividores. Aquello era extraño. Antes de que su imaginación, demasiado propensa a desatarse, pudiera causarle problemas, apartó aquella afirmación de su mente, para averiguar qué significaba en otro momento, en otra cita más conveniente. Estaba claro que tomarse en serio aquella afirmación y actuar en consecuencia no era lo más inteligente.

Con un esfuerzo, se concentró en conciliar el sueño. Sin embargo, su imaginación le causó todo tipo de dificultades, al proponerle visiones de lo que podría haber bajo aquel vestido de fina seda. Era una tortura mental de lo más sutil.

Tomó la determinación de averiguar el nombre real de la bella Juno y, una vez que la hubiese devuelto a su familia y ya no estuviera bajo su protección, localizarla de nuevo. Después, se obligó a no pensar en nada más.

Una hora más tarde, se sumió en un sueño intranquilo.

El sol del amanecer despertó a Martin. Afortunadamente, abrió los ojos antes de moverse, cosa que no siempre hacía. Lo que vio le impidió actuar siguiendo sus impulsos. Reprimiendo unas cuantas maldiciones, se liberó de los miembros suaves que lo aprisionaban y, sin despertar a la bella Juno, se levantó y bajó al piso de abajo.

Saludó a los caballos y salió. La tormenta había terminado y el sol lucía en el cielo azul. Era un buen día para viajar. Estaba a punto de volver a entrar a despertar a su compañera de aventuras cuando pensó en el estado en el que se encontrarían las carreteras.

El camino desde el pajar a la carretera principal se había vuelto un barrizal, y la carretera no estaba mucho mejor. Martin se dio cuenta de que deberían esperar unas cuantas horas hasta que estuvieran practicables.

Resignado a la espera, volvió al pajar.

Subió al piso de arriba y se encontró a Juno dormida. El sol de la mañana hacía que sus rizos rubios brillaran. Tenía los labios ligeramente entreabiertos y respiraba profundamente. Estaba ligeramente sonrosada. Él observó la visión durante largo rato, admirando la simetría de sus rasgos, los arcos de sus cejas y sus labios. El resto estaba cubierto por la manta, para su alivio.

¿Quién sería? Silenciosamente, Martin bajó las escaleras. La dejaría dormir. Después de la tormenta, seguramente necesitaba el descanso.

A él también le convendrían unas cuantas horas de sueño más, pero no creía que pudiera relajarse al lado de la bella Juno.

Cuando Helen se despertó, la mañana ya estaba bien avanzada. Se incorporó, confusa, y se dio cuenta de que estaba sola. Después oyó una voz en la distancia, y dedujo que él estaba fuera, hablándoles a los caballos.

Bajó con cuidado la escalera y encontró un cubo de agua fresca, con el pañuelo que había usado el día anterior al lado. Rápidamente, se lavó la cara y las manos. Estaba secándose cuando oyó unos pasos a su espalda.

—¡Ah! La bella Juno se ha despertado. Estaba a punto de avisarla yo mismo.

Helen se volvió. A la luz del día, su rescatador era

incluso más guapo que a la luz del farol. Era muy alto, y tenía los hombros muy anchos. Sus rasgos eran aquilinos, y estaba bronceado. Helen parpadeó, y notó que él la estudiaba con la mirada. Rogó que no se notase demasiado que se ruborizaba.

—Lo siento muchísimo. Tendría que haberme despertado antes.

—No importa —Martin fue a buscar el arnés que había colgado al lado de la puerta del pajar.

Se había estado preguntando de qué color serían sus ojos a la luz del día. Eran dos lagos de ámbar, verde y dorado, los rasgos más impresionantes de un conjunto perfecto. Le dio gracias al destino por no haberla visto antes durante el día y después haber tenido que pasar la noche a su lado. Su rubor le daba a entender que ella pensaba lo mismo. Martin sabía con seguridad que relajarse al lado de un vividor era mucho más fácil por la noche, pero no quería que ella se escondiera tras una fachada de corrección. Sonrió, y se sintió aliviado cuando ella le devolvió la sonrisa.

—Las carreteras acaban de secarse lo suficiente como para que podamos continuar.

Helen lo siguió fuera del pajar y aspiró profundamente el aire fresco de la mañana. Vio que luchaba por ponerles el arnés a los caballos y se acercó a ayudar. Tomó las riendas de uno de los animales y empezó a susurrarle con dulzura y a acariciarle la nariz aterciopelada.

Martin asintió, agradablemente sorprendido por su

ayuda. Juntos, consiguieron fácilmente uncir a los caballos al coche.

Entonces, él tomó las riendas y se acercó a ella con la intención de subirla al coche.

—Eh... Me he dejado la manta y el abrigo arriba —dijo, tartamudeando. Sentía pánico ante el mero pensamiento de que él la tocara de nuevo. Después de haber tenido la oportunidad de observarlo durante diez minutos, no comprendía cómo había tenido fuerzas para sobrevivir a aquella noche.

Él arqueó una ceja y la observó pensativamente. Después le tendió las riendas y le dijo:

—Voy a buscarlos. No intente mover a los animales.

Él volvió en dos minutos, pero ella ya había conseguido tranquilizarse para pasar la prueba. Él puso el abrigo y la manta bajo los asientos, y se acercó a tomar las riendas que Helen le cedió. Un segundo después, la tomó por la cintura y la dejó, suavemente, en el asiento.

Mientras se colocaba las faldas, Helen pensó en que las nuevas experiencias siempre eran inquietantes. No tenía ninguna duda de que lo que sentía cada vez que él la tocaba era escandaloso. Y delicioso. Y adictivo, también. Sin duda, era uno de esos trucos que los vividores sabían hacer con los dedos, para conseguir que las mujeres susceptibles se convirtieran en sus esclavas. No era que su marido hubiera tenido aquella facilidad; Arthur nunca había tenido demasiado tiempo para la adolescente de dieciséis años, desgarbada, con la que se había casado por su fortuna y a la que rápidamente suplantó por mujeres más experimentadas. Sin embargo, ninguno de los innumerables admiradores que había tenido desde que había vuelto a presentarse en sociedad la había afectado de la misma forma en que la afectaba Martin Willesden. Fuera lo que fuera, aquel hombre era peligroso, y aquello era algo que debía recordar.

Sin embargo, aquella situación era toda una aventura, la primera que había tenido en muchos años. Habían tenido que dejar el decoro y las convenciones sociales aparte. ¿Por qué no iba a disfrutar de la libertad de aquel momento?

Un poco más tarde, habiendo recorrido unos kilómetros, él comentó:

—Espero que lleguemos a Ilchester para desayunar.

Helen deseó que él no hubiera mencionado la comida. Decidida a olvidarse de que tenía el estómago completamente vacío, buscó algún tema de conversación inofensivo.

—Me dijo usted que había estado visitando su casa. ¿Está cerca de aquí?

—Al otro lado de Taunton.

—Ha estado lejos durante mucho tiempo, ¿no? ¿La ha encontrado muy cambiada?

—Trece años de mala gestión han pasado factura, desgraciadamente —el silencio que siguió a aquella afirmación le dio a entender que la ira que sentía al acordarse había teñido su tono de voz, e intentó suavizar el efecto—. Mi madre vive allí, pero lleva inválida varios años. Mi cuñada es su dama de compañía, pero por desgracia, no es muy avispada. No es de las que investigan si las alfombras desaparecen.

—¿Han desaparecido? —preguntó Helen con incredulidad.

Martin sonrió de mala gana.

—Me temo que la casa, aparte de las habitaciones de mi madre, está inhabitable. Por eso vuelvo a Londres rápidamente. Tengo un equipo de decoradores y restauradores en mi casa de la ciudad. Cuando hayan terminado allí, los enviaré al Hermitage.

Intrigada por su mirada distante, Helen le pidió suavemente:

—Cuénteme cómo es.

Martin sonrió y, con los ojos fijos en los caballos, recordó.

—Cuando vivía mi padre, era un lugar maravilloso. Siempre estaba lleno de invitados. Espero que, ahora que he vuelto, podré devolverle su gracia.

Helen lo escuchaba atentamente, asombrada por el fervor con que él hablaba.

—¿Es su casa favorita? —preguntó ella, intentando descubrir la razón.

—Supongo que es el lugar al que puedo llamar hogar. El lugar que más asocio con mi padre. Y con los recuerdos más felices.

El tono con el que pronunció la última frase no dio pie a formular más preguntas. Helen reflexionó sobre lo poco que conocía del conde de Merton. Sabía que había estado fuera del país, pero no sabía dónde. Había oído algo de un escándalo en su pasado, pero no tenía información específica. Y, dada la impaciencia con la que las matronas de la alta sociedad lo esperaban, no era tan grave como para excluirlo de sus bailes y sus cenas.

Mientras tanto, Martin reflexionaba sobre los interrogantes que rodeaban a su acompañante. Juno no era muy joven, pero tampoco mayor. Más o menos, entre veinticinco y treinta años. Lo que no encajaba era la falta de alianza en su mano izquierda. Era muy bella, atractiva y sensual, y la clase de dama a la que invitaban a Chatham House. No era posible pensar que fuera una mujer de otro tipo, porque Juno era lo suficientemente distinguida como para reconocer su potencial de vividor y mujeriego, y ponerse en estado de alerta. Aquello no era un rasgo de una mujer que se dejaba arrastrar por las debilidades humanas. Juno era todo un enigma.

—Y ahora —dijo él, interrumpiendo el silencio—, deberíamos pensar en cuál es la mejor forma de devolverla a su casa —entonces, la miró a la cara—. Diga sólo una palabra, y la dejaré en su puerta —sin querer, su voz había descendido varios tonos. Lo cual, pensó, sólo indicaba hasta qué punto ella lo afectaba.

—No creo que sea inteligente dejar que nos vean solos —respondió Helen, reprimiendo sus escandalosas inclinaciones. Él le estaba tomando el pelo, estaba segura.

—Quizá no. Tenía la esperanza de que Londres hubiera perdido toda su rigidez con el paso de los años, pero veo que no ha sido así —Martin sonrió y la miró a los ojos, confiriéndole a su expresión toda la inocencia de la que era capaz—. Entonces, ¿cómo?

Helen lo miró con los ojos entrecerrados.

—Yo creía, milord, que alguien con su reputación no tendría ninguna dificultad en superar ese obstáculo. Si reflexiona sobre ello, estoy segura de que se le ocurrirá algo.

Era, decididamente, una observación impertinente, y provocó una respuesta audaz. A él le brillaban los ojos al contestar:

—Me temo, querida mía, que si investiga sobre mi reputación, se dará cuenta de que yo nunca he sido de los que observan las reglas de lo propio.

Al darse cuenta de su error táctico, Helen se quedó callada. Qué tonta había sido, al intentar bajarle los humos a un vividor valiéndose de la insolencia.

—¿De verdad no se le ocurre nada? Confieso que pensaba que sí sabría qué hacer.

Durante un instante, sus miradas se quedaron atrapadas. Entonces, Helen vio cómo se dibujaba en sus labios una sonrisa burlona y cómo retiraba la mirada.

—Como usted dice, Juno, mi experiencia es muy vasta. Supongo que lo mejor sería que alquilemos un coche en una de esas pequeñas posadas que hay cerca de Hounslow. Usted irá en él a Londres, y yo la escoltaré hasta las afueras. Allí, usted le dará la dirección al cochero.

—Sí —respondió Helen, todavía confusa, intentando conservar la calma ante el descubrimiento del poder que aquellos ojos grises tenían sobre ella. Durante unos instantes, había estado completamente hipnotizada, privada de voluntad, totalmente a su merced. Y le había parecido delicioso—. Supongo que eso será lo más conveniente.

El tono de mala gana con el que aceptó su proposición hizo que Martin sonriera. Aquella mujer era completamente receptiva, y sin embargo, al mismo tiempo, inocente. Su interés por ella crecía minuto a minuto.

—Llegaremos a Hounslow antes de que anochezca —le dijo, deseoso de dejar claro aquel punto. Acababan de decidir que se separarían aquella noche.

Viajaron en silencio. Martin iba preguntándose cómo abordar el tema de su nombre, y Helen iba pensando en él. Sin duda, era el hombre más atractivo que hubiera conocido nunca, no sólo por su físico ni por sus maneras, sino por algo más profundo, algo que estaba en lo grave de su voz y en el fuego que ardía en sus ojos.

—¿Pasa usted mucho tiempo en el campo, bella dama?

La pregunta sacó a Helen de sus cavilaciones.

—Visito frecuentemente... —se interrumpió, y después continuó suavemente—... las casas de mis amigos.

—Ah —la mirada fugaz que le dirigió confirmó sus sospechas. Él estaba intentando averiguar algo más de ella—. Así que, pasa la mayor parte del año en Londres.
—Aparte de mis visitas, sí.
—¿Va usted a la ópera?
—Durante la temporada.
—¿A los palcos de sus amigos?
Helen le lanzó una mirada altiva.
—Tengo mi propio palco.
—Entonces, la veré allí, sin duda.
Martin sonrió, satisfecho de haber conseguido un punto.
Al darse cuenta de que había cometido un error, Helen no tuvo más remedio que ser amable e inclinó la cabeza.
—La condesa de Lieven viene conmigo a menudo. Estoy segura de que estará encantada de conocerlo.
—Oh —frustrado por la mención de la matrona más censuradora de todo Almack's, Martin dejó traslucir cierto disgusto. Después, se relajó—. Una información muy interesante. Podré pedirle permiso para bailar el vals en Almack's. Con usted.
Ante aquella idea, Helen tuvo que reírse. La visión de Martin Willesden caminando por aquellos suelos sagrados como el lobo entre las ovejas era más que atractiva.
Entonces fue Martin el que se volvió altivo.
—¿Cree que no lo haré?

—Yo... no creía que a usted le atrajeran los inofensivos entretenimientos que ofrece el Marriage Mart.

—Y no me atraen. Sólo la promesa de todos los placeres terrenales podría hacer que yo asistiera.

Helen no intentó responder a aquello, y se concentró en observar el paisaje.

Martin sonrió. No recordaba haber disfrutado tanto de media hora de conversación con una mujer en su vida. En realidad, no recordaba haber hablado durante media hora con ninguna mujer. Juno era una novedad, tenía una mente muy rápida. Aunque la información que había conseguido con aquella charla era inocente, le había confirmado su sospecha de que ella ocupaba una posición en sociedad que estaba reservada normalmente a las viejas damas. O a las viudas.

Al pensarlo, dejó que sus ojos recorrieran las formas de la mujer que viajaba a su lado.

Helen vio el brillo de depredador en los ojos grises y leyó el mensaje. Aunque sabía que era peligroso conversar con un vividor fuera de unos límites estrictos, también le estaba resultando delicioso, y, en realidad, era seguro. Se había dado cuenta muchos kilómetros atrás. Ella estaba bajo su protección y sabía que él haría honor a su cargo. Mientras estuviera bajo su cuidado, estaba a salvo de él.

Que el cielo la ayudara después.

Pero, por supuesto, no habría un después. Helen reprimió un suspiro cuando la realidad se hizo notar. El futuro, para ellos dos, estaba decidido. Cuando llegaran a Londres, él sería el hombre más importante para todas las madres con hijas casaderas, por buenas razones. Tenía un título, era rico y asombrosamente guapo. Las niñas se matarían las unas a las otras por cazarlo como marido. Y, obviamente, él elegiría a una de ellas. Alguna con una buena dote y una reputación inmaculada. Una viuda sin propiedades y con un matrimonio desafortunado a sus espaldas, sin otra recomendación que sus amistades, no era ninguna ganga.

Sin embargo, por la conversación que acababan de tener, Helen no se imaginaba a aquel hombre adaptado a un matrimonio con una jovencita. Más bien, le parecía del tipo de los que tenían una o dos amantes. Al fin y al cabo, su propio marido había hecho aquello también, contando con sus bendiciones. Aunque, de haber sido Martin Willesden su marido, ella no habría bendecido aquella situación.

Con un esfuerzo, Helen dirigió sus pensamientos en otra dirección. Él quería saber su nombre. Ella podría decírselo, pero se sentía más cómoda en el anonimato. De aquella forma, cuando él llegara a Londres y se enterara de quién era, se daría cuenta de que tal amistad era inapropiada, porque nadie creería que había sido inocente. Si ella no le decía su nombre, él no se sentiría obligado a reconocerla cuando volvieran a verse. Además, muchos hombres pensaban que las viudas eran pan comido, y ella detestaría que él pensara que era una candidata para sus aventuras extramatrimoniales. Así que, decidió al fin, él no tenía por qué saber su nombre.

Martin se preguntaba qué sería lo que pensaba su diosa para estar tan callada. Sin embargo, la paz de la mañana los envolvía, y él no hizo ademán de interrumpirla. A pesar de que no sabía su nombre, estaba seguro de que la encontraría en Londres. Era posible que la capital se hubiera convertido en el centro abarrotado del país, pero las casas ricas sólo las frecuentaban unos cuantos. Sería fácil encontrar a una diosa de oro y marfil.

El camino estaba en peores condiciones de lo que él había supuesto, así que los caballos y el coche no avanzaron tan rápido como habría sido de esperar. Al cabo de unas horas, con mucho retraso sobre el horario que él había planeado mentalmente, llegaron a la carretera de Londres, y pasadas las dos, Martin dirigió el coche hacia el patio de Frog & Duck, la posada de Wincanton.

Se volvió hacia Juno, que lo miraba sin entender, con una sonrisa en los labios.

—Es hora de comer. Yo estoy muerto de hambre, incluso si usted, siendo una mujer a la moda, no tiene hambre.

Helen abrió mucho los ojos.

—No estoy tan a la moda.

Martin soltó una carcajada y bajó del coche. Después lo rodeó para ayudar a bajar a Juno. Ruborizada, Helen aceptó el brazo que él le ofrecía, y juntos subieron los escalones que llevaban a la puerta. El mozo de la posada se acercó a Martin para escuchar sus órdenes y, mientras hablaban, Helen entró en la casa.

La puerta daba directamente al bar, y al oír que alguien entraba, el posadero se acercó desde el otro lado de la estancia. Al verla, se detuvo y se quedó mirándola asombrado. Helen se dio cuenta de que los demás ocupantes del bar, otros seis hombres, también se habían quedado atónitos. Entonces, para su incomodidad, el posadero le lanzó una mirada lujuriosa, parecida a las de los demás clientes.

En aquel momento, ella se dio cuenta también del aspecto que debía de tener, y de la conclusión a la que, probablemente, habían llegado aquellos hombres. Helen se irguió, preparada para defender su estatus.

No hubo necesidad. Martin entró y se detuvo a su lado. Con una sola mirada, entendió la situación. Miró despreciativamente al posadero.

—Una habitación privada, posadero, en la que mi esposa pueda descansar tranquilamente.

El tono hosco de la instrucción borró la mirada lujuriosa de la cara del hombre.

Helen no sabía si reírse o soltar una exclamación de asombro. ¿Esposa? Rápidamente, se tapó la mano izquierda con la derecha, y levantó la barbilla para mirar al posadero por encima de la nariz. El hombre se encogió y se volvió totalmente obsequioso.

—¡Sí, milord! Por supuesto, milord. ¿Le importaría a la dama seguirme por aquí?

Haciendo reverencias cada dos pasos, los condujo a un saloncito privado, y allí Martin le encargó una comida copiosa.

—Hemos tenido un accidente con nuestro coche. Nuestros sirvientes nos siguen un poco detrás, con el equipaje —le dijo al posadero. Después elevó un poco la voz para dirigirse a Helen, que se había sentado, cansada, en una silla—. ¿Quieres subir a arreglarte un poco arriba, querida?

Helen parpadeó. Después, aceptó rápidamente. Fue conducida hasta una pequeña habitación y allí se lavó las manos y la cara, y se acercó a un espejo para ver el daño que aquel viaje le habría infligido a su aspecto. No era tan grave como ella se temía. Tenía los ojos claros y brillantes, y el viento le había dado color a las mejillas. Era evidente que viajar por el campo con Martin Willesden le venía bien a su estado físico. Finalmente, se arregló el pelo, se sacudió la falda y volvió al salón.

La comida estaba servida en la mesa. Martin se levantó con una sonrisa y le ofreció una silla.

—¿Vino?

Ella asintió, y él le llenó el vaso. Después, los dos empezaron a comer con buen apetito.

Cuando terminaron, Martin se recostó en la silla y dejó a un lado sus problemas para disfrutar de una copa de vino mientras observaba a Juno, absorta en la tarea de pelar una ciruela. Dejó viajar la mirada por sus curvas generosas, mientras pensaba en los adjetivos adecuados para describirla, algunos de los cuales no eran demasiado aceptables. Escondió su sonrisa detrás de la copa de vino.

—No vamos a llegar a Londres esta noche, ¿verdad?

Aquella pregunta hizo que Martin le mirara los labios, manchados con el zumo de la ciruela. Tuvo un tremendo deseo de probarlos. Bruscamente, su mente volvió a los problemas. Miró a Juno a los ojos, y descubrió que ella estaba preocupada. Le sonrió para reconfortarla.

—No.

Helen hizo caso omiso de aquella sonrisa. ¿Es que acaso él no se daba cuenta de la inquietud por la que ella estaba pasando?

Aparentemente, sí, porque continuó:

—El mal estado de la carretera nos ha retrasado mucho, y no me parece aconsejable conducir de noche hasta Londres. Podríamos tener un accidente. Y además, tampoco creo que sea aconsejable llegar a Londres al amanecer.

Helen frunció el ceño, viéndose obligada a aceptar que aquello era cierto. Él no podría alquilarle un coche si pasaban por Hounslow a medianoche.

—Y, antes de que haga la sugerencia, no voy a alquilar ningún coche aquí para que usted viaje sola de noche.

Helen frunció aún más el ceño y abrió la boca para protestar.

—Ni siquiera con escoltas.

Helen cerró la boca y lo miró fijamente, pero por su tono y la forma en que apretaba la mandíbula, supo que no conseguiría hacer que cambiara de opinión. Y, en realidad, ella tampoco quería pasar la noche en la carretera, expuesta a los bandoleros y a cosas peores.

—Y entonces, ¿qué podemos hacer? —preguntó, amablemente.

Entonces, obtuvo la recompensa de una sonrisa deslumbrante que casi le cortó la respiración. Tuvo la esperanza de no tener que hablar en aquel momento.

—Me estaba preguntando —empezó Martin, sin saber si su plan iba a ser aceptado o no—, si podríamos encontrar alguna posada donde no nos conozcan para pasar la noche.

Helen reflexionó sobre aquello. No veía otra alternativa. Se limpió los labios con la servilleta y lo miró.

—¿Y cómo vamos a explicar nuestro aspecto, y nuestra falta de sirvientes y equipaje?

En el mismo instante en que hizo la pregunta, supo la respuesta. Era deliciosamente malvado, pero, pensó ella, todo aquello era parte de su aventura, así que podía hacer la vista gorda.

Satisfecho por que ella hubiera aceptado tácitamente el único plan viable que tenían, Martin se quitó un sello de oro de la mano derecha.

—Podemos contar la misma historia que le hemos contado al posadero. Mejor será que se ponga esto —dijo, y le entregó el anillo.

Helen sintió que todavía estaba caliente de su mano. Era evidente, pensó, un poco nerviosa, que iban a hacerse pasar por un matrimonio. Se puso el sello, y, para su sorpresa, al sentirlo en el dedo anular, no experimentó el horror que se esperaba. En vez de aquello, le daba cierta confianza, se sentía protegida.

—Muy bien —dijo. Respiró hondo, y añadió—: Pero dormiremos en habitaciones separadas —dijo, decididamente.

—Por supuesto —respondió Martin. Sin duda, sería mucho más seguro de aquella manera. Y aparte de todo lo demás, él necesitaba dormir. Observó el rostro de Juno y notó que cada vez tenía más deseos de conocer su nombre real. Dado que iban a fingir que eran un matrimonio feliz, pensó que su intimidad justificaba que se lo preguntara.

—Creo, querida, que dada nuestra supuesta relación, sería conveniente que me dijera su nombre.

—Oh —exclamó Helen. De repente, y a pesar de todas las razones que tenía en contra, sintió el impulso de confiar en aquel hombre. Sin embargo, ¿qué pensaría él cuando escuchara su nombre? Sabría quién había sido su marido. ¿Qué sentiría? ¿Pena? O quizá repugnancia, aunque la disimulara. Y ella no quería que nada dañara la cercanía que se había establecido entre ellos.

—Yo... en realidad... —se quedó sin palabras. No podía explicar lo que sentía.

Martin sonrió. No quería que ella se sintiera obligada ni inquieta.

—¿Piensa que no debería decírmelo?

—Es sólo que esta aventura me parece más... completa. Y —añadió, para que él, al menos supiera algo de la verdad—, mi comportamiento me parece un poco más excusable si continúo de incógnito.

Martin sonrió aún más e inclinó la cabeza.

—Muy bien. Pero, entonces, ¿cómo debería llamarla?

Helen lo miró con agradecimiento, y le respondió con una sonrisa tímida y dulce:

—Elija usted. Estoy segura de que inventará algo apropiado.

—Juno —respondió él—. La bella Juno —Martin no podía controlar la sonrisa de su cara. Aquella mujer era la más grande tentación a la que nunca se hubiera enfrentado. Tenía la cabeza llena de pensamientos escandalosos.

Helen arqueó una ceja.

—Creo, señor, que esa alusión no es del todo apropiada.

Él sonrió aún con más intensidad.

—Todo lo contrario, querida. A mí me parece completamente apropiada.

Helen intentó fruncir el ceño. Juno, la reina de las diosas. ¿Cómo iba a intentar discutir aquello?

—Y ahora que hemos decidido nuestro futuro inmediato, sugiero que nos pongamos en marcha de nuevo —Martin se levantó y se estiró. Si no salía rápidamente de allí, no podría responder de las consecuencias. La compañía de Juno estaba poniendo a prueba su resistencia. Y tenía que cenar con ella, también a solas. Tendría que recuperar todas las fuerzas posibles durante el camino.

—Vamos, milady. Su coche la espera.

Eligieron la posada Bells, en Cholderton, para pasar la noche.

El pequeño pueblo estaba al sur de la carretera hacia Londres, y la mayor parte del tráfico no hacía parada allí. La posada era un edificio antiguo, pero cómodo.

Martin le había contado su historia al posadero con arrogancia: lord y lady Willesden necesitaban habitaciones para pasar la noche. El hombre no había encontrado nada raro en la petición. En realidad, estaba muy contento de ver huéspedes.

—Mi esposa les servirá la cena enseguida, milord. Hay pato y perdiz, cordero y vino.

Con superioridad, Martin asintió.

—Eso será admirable.

Cuando la puerta se cerró tras el hombrecillo, él se volvió a mirar a Helen con la risa asomándole en los ojos.

—Perfecto —dijo, y con su sonrisa, le dio a Helen tanto calor como el fuego de la chimenea.

Helen se sintió aún más nerviosa cuando él se acercó para ayudarla a quitarse el abrigo, que Martin había vuelto a ponerle por los hombros cuando la noche había caído por el camino. Sus dedos se rozaron.

—Deje que la ayude.

Y ella tuvo que hacerlo, porque no habría podido moverse ni aunque se hubiera caído el techo. Su suave caricia la dejó anonadada. El efecto que aquel hombre tenía sobre ella se intensificaba por momentos. ¿Cómo demonios conseguiría sobrevivir a aquella noche?

En cuanto él se alejó para colgar el abrigo, Helen se sentó en una butaca que había junto al fuego. Respiró hondo, obligándose a mirarlo cuando él se volvió de nuevo hacia ella.

Martin observó la visión que tenía ante él, y notó que ella estaba insegura. Si las circunstancias hubieran sido diferentes, habría tenido motivos para sentirse amenazada, pero tal y como estaban las cosas, estaba a salvo. O, al menos, lo suficientemente a salvo, se corrigió. Él se había dado cuenta de que ella notaba que lo atraía, y le entretenían mucho los esfuerzos que hacía por disimular lo consciente que era de él. Lo tenía entretenido e intrigado. Estaba claro que, si Juno era viuda, no era de las que dispensaban sus favores con facilidad.

Mientras él la observaba, Juno frunció el ceño.

—¿Por qué no viaja usted con un mozo o un cochero?

Martin sonrió, perfectamente dispuesto a mantener una conversación sobre temas inocentes.

—Mi cochero se quedó en el Hermitage con un tremendo enfriamiento.

—¿Tiene el Hermitage muchas granjas?

—Seis. Están todas ocupadas por granjeros que seguirán allí a largo plazo.

Aquellas preguntas dirigieron la conversación hacia temas de agricultura y el cuidado de las fincas. Él notó que Juno evitaba conversar sobre la ciudad, porque aquellos temas le proporcionarían a Martin más detalles sobre su identidad. Sin embargo, sus opiniones sobre la organización del trabajo en una granja y sobre los problemas a los que se enfrentaban los arrendatarios que las ocupaban eran igualmente reveladoras. Sus conocimientos sobre el tema no podían haber sido adquiridos más que a través de la experiencia. Todo lo cual contribuyó a completar la imagen mental de Juno. Ella había pasado gran parte de su vida en una finca grande y bien gestionada.

Alguien llamó a la puerta.

—La cena, milord.

El posadero entró en la habitación, dejó la bandeja sobre la mesa, hizo una reverencia y se retiró.

Martin se levantó y extendió el brazo.

—¿Vamos?

Ella le dio la mano, reprimiendo el escalofrío que

le causó el contacto, y ambos fueron hacia la mesa. La sutil sonrisa dibujada en el rostro de Martin le dio a entender que su aire sofisticado no lo había engañado.

Afortunadamente, la comida les proporcionó otro tema de conversación.

—Tengo que admitir que, después de trece años de ausencia, no sé nada de lo que se sirve en las mesas de los que están a la moda.

Animada por aquel comentario, Helen hizo caso omiso de la mirada burlona de sus ojos y enumeró un catálogo de las últimas delicias culinarias.

Cuando el posadero entró a retirar la mesa, Helen aprovechó la oportunidad para retirarse a la butaca junto al fuego. Oyó que la puerta se cerraba y se preguntó, un poco frenética, cómo iba a arreglárselas durante las dos horas siguientes.

—¿Brandy?

Ella negó con la cabeza, y observó cómo él se servía una buena dosis.

Indudablemente, pensaba él, iba a necesitarlo para conciliar el sueño, sabiendo que Juno dormía en la habitación de al lado. Martin se acercó a la chimenea y se apoyó en la embocadura.

—Su mayordomo no se va a poner muy contento cuando vea sus botas.

Martin siguió su mirada y sonrió.

—Tendré que confiárselas a los mozos de la posada. Seguramente, Joshua no me lo perdonará nunca.

Helen sonrió. Aparte de los nervios que sentía, debidos por completo a la compañía, se sentía en paz, y aquello era algo que no había experimentado demasiadas veces en su vida. Estaba contenta. En medio de una escapada escandalosa, y contenta. Qué extraño.

Al sorprender a Martin mirándola subrepticiamente, sonrió. Él le devolvió la sonrisa, una sonrisa lenta y pensativa, y ella notó algo cálido en su interior. Sus miradas se quedaron atrapadas la una en la otra, y Helen notó que su voluntad estaba empezando a flaquear.

De repente, empezaron a oír ruidos de una llegada. Martin se volvió y miró la puerta. El ruido se concretó en varias voces. Una invasión había llegado a Bells.

Helen frunció el ceño.

—¿Qué ocurrirá?

Casi inmediatamente, el posadero llegó para satisfacer su curiosidad.

—Discúlpeme, milord, pero parece que ésta es la noche de los accidentes. El coche nocturno de Plymouth ha perdido una rueda muy cerca de aquí. El herrero dice que no podrá arreglarlo hasta mañana, así que tendremos que dar habitaciones a los viajeros. Si usted y milady me lo permiten, los pondré en la habitación principal. No les decepcionará, milord. Tiene una cama enorme. Hay más huéspedes que camas, así que he pensado que no les importaría.

El hombre miró esperanzadamente a Martin. Martin miró hacia atrás, preguntándose cómo se habría tomado Juno aquellas noticias. Desde su punto de vista, aquel accidente era una molestia, pero si insistía en quedarse con las habitaciones separadas, probablemente tendrían que compartir habitación con unos compañeros mucho menos recomendables, de los que viajaban en el coche nocturno. Y, al fin y al cabo, con tantos hombres en la casa, prefería que Juno se quedara a su lado, donde estaría más segura, aunque él no durmiera tampoco aquella noche.

—Muy bien —respondió él, y oyó cómo Juno tomaba aire—. En estas circunstancias, aceptaremos la habitación principal.

Con evidente alivio, el posadero hizo otra reverencia y se marchó.

Martin se volvió y se encontró con la mirada reprobadora de Juno.

—En realidad, querida, estará más segura conmigo que sola, en una noche como ésta.

No había respuesta para aquello. Helen fijó la mirada en las llamas que crepitaban en la chimenea. La perspectiva de dormir en la misma habitación que Martin Willesden la había dejado impresionada. Había dormido en sus brazos en un pajar, pero un pajar no era lo mismo que una cama. Aquella aventura estaba tomando un cariz peligroso. No. Era imposible. Tenía que pensar en alguna alternativa.

Cuando subieron a la habitación y cerraron la puerta tras ellos, Helen le dijo:

—Milord, esto es imposible.

Él sonrió y se acercó a la ventana.

—Martin —respondió—. Será mejor que dejes de llamarme «milord», si queremos fingir que estamos casados, y también será mejor que nos tuteemos —Martin cerró las cortinas y después sonrió a Juno, que todavía estaba al lado de la puerta, nerviosa e insegura—. No es imposible. Ven aquí y déjame que te ayude a desabrocharte el vestido —dijo, sin prestarle atención a la mirada de alarma que ella le lanzó—. Después podrás envolverte en las sábanas y pasar la noche tan tapada como si fueras una monja.

Helen sopesó lo que él le había dicho, pero su mente no fue capaz de encontrar otra solución al problema. Empezó a andar de un lado al otro, con la mirada perdida.

Con una sonrisa, Martin la tomó de la mano y la acercó a la chimenea, donde ardía un buen fuego. Se colocó detrás de ella y encontró los cordones del vestido, que no se resistieron a sus hábiles dedos. Resistió la tentación de separar ambos lados del vestido y recorrer su espina dorsal con el dedo. Sólo llevaba una fina combinación de seda.

—Espera aquí un momento. Voy a traerte la sábana.

Helen miraba fijamente las llamas, completamente ruborizada. Hasta aquel momento, el comportamiento del conde de Merton había sido tan poco amenazador como sus palabras. Eran sus propias inclinaciones las que estaban debilitando su confianza. Era perfectamente consciente de que estaba muy cerca de tener una aventura amorosa ilícita con uno de los vividores más famosos de Inglaterra. Todo lo que tenía que hacer era darle la más mínima indicación de que sus atenciones eran bien recibidas y aprendería por qué aquel tipo de hombres era tan apreciado como amante. Martin Willesden era la tentación personificada. Sin embargo, su sentido común se interpuso y le indicó que lo último que necesitaba era tener una aventura ocasional, basada sólo en una atracción pasajera. Aquél nunca había sido su estilo.

Él volvió con la sábana y la sostuvo en el aire.

—Miraré hacia el otro lado. Te prometo que no te espiaré.

Helen no se atrevió a mirar adónde estaba él o si estaba cumpliendo lo que había prometido. Rápidamente, se bajó el vestido y se enrolló en la sábana.

—Y ahora, si te tumbas en la cama, yo te taparé con la manta.

—¿Y dónde va a dormir usted? —preguntó ella, mientras se dirigía hacia la cama.

—Tal y como ha dicho el posadero, es una cama muy grande —respondió él, y empezó a desabrocharse la chaqueta.

Helen se detuvo y lo miró fijamente.

—¿Qué va a hacer?

—Acostarme. No estoy dispuesto a dormir otra noche con esta ropa —al ver la cara de horror de Juno, totalmente escandalizada, gruñó—: ¡Por Dios, mujer!

Acuéstate en la cama y vuélvete de espaldas. Tienes mi promesa de que no me aprovecharé de ti.

«¡No es eso lo que me preocupa!», pensó Helen mientras se acostaba. Estaba escandalizada, fascinada, aterrorizada por las posibilidades. Hacía mucho tiempo desde que había estado en la misma cama con un hombre. La noche anterior no contaba, porque habían dormido en un pajar. Sin embargo, aquello era una cama. Para su horror, continuó pensando en lo fácil que sería relajarse y dejarse llevar, deslizarse hasta el cuerpo duro que se había acostado a su lado y que hundía el colchón.

En la oscuridad, Martin apretó los dientes. Le dolían las ingles de deseo. El suave perfume que ella desprendía le cosquilleaba los sentidos. Su cuerpo respondía a la cercanía. Si la noche anterior había sido difícil, aquélla iba a ser una tortura. Mientras la luz del fuego se fue apagando, dejándolos a oscuras, él se dio cuenta de que ella continuaba despierta y rígida a su lado.

—No tienes que preocuparte, no me muevo de noche. Duermo muy profundamente —«cuando lo consigo», pensó—. Creo que es debido a haber estado en el ejército. Uno duerme cuando puede, y normalmente, no se duerme en sitios cómodos.

—¿Cuánto tiempo estuvo usted en la Península?

Aquella pregunta le recordó a Martin algo que le había dicho una de sus amantes sobre que no había nada más aburrido que oír historias militares de los hombres. Aprovechó la idea, y en diez minutos, lo astuto de aquella afirmación se hizo patente. Se interrumpió en medio de una descripción detallada de una batalla. No se oía nada aparte del crujido del tronco de la chimenea, prácticamente apagado, y la respiración profunda de Juno. Estaba dormida.

Él sonrió en la oscuridad, extrañamente contento, como si hubiera ganado otra batalla. Saber que ella estaba dormida le permitió relajarse. Finalmente, se rindió al sueño.

Se despertó y se dio cuenta de que había pasado la noche sin moverse en absoluto. Por desgracia, Juno sí lo había hecho. Se había metido entre sus brazos y tenía la cabeza apoyada en su pecho. Uno de sus brazos desnudos lo agarraba por la cintura. La sábana se había echado hacia abajo, y él notaba los miembros de Juno, suaves como la seda, enredados en los suyos.

Martin apretó todos los músculos de su cuerpo para que le obedecieran, y con cuidado, fue liberándose de los brazos y de las piernas que lo abrazaban, intentando no mirar. Después volvió a taparla. Si se despertaba en aquel momento, se llevaría un disgusto.

Fue todo un alivio salir del calor de la cama. Se vistió rápidamente y bajó al bar. Allí encontró al posadero, atendiendo a algunos de los viajeros del coche nocturno. Había algunos otros dormidos en los bancos del bar. Después de saludar al hombre y de interesarse por el tiempo, le preguntó despreocupadamente:

—¿Por casualidad han aparecido nuestros criados?

El posadero sacudió la cabeza.

—No, milord. No ha llegado nadie esta mañana.

Martin frunció el ceño y soltó un juramento.

—En ese caso, alquilaré uno de sus carruajes. Mi mujer se irá a la ciudad mientras yo vuelvo hacia atrás para averiguar qué ha ocurrido.

El hombre fue de mucha ayuda, y le aseguró que el coche era muy bueno, que el cochero y los mozos eran de fiar y que dejarían a su esposa en Londres sana y salva.

—Muy bien —respondió Martin, mientras le pagaba al posadero—. Prepare el carruaje. Quiero que mi mujer salga inmediatamente después de desayunar. ¿Podría usted mandarnos una bandeja a la habitación?

—Por supuesto, milord.

Martin subió las escaleras y se detuvo en el rellano para reunir fuerzas antes de llamar a la puerta y entrar. Para alivio suyo, Juno, tan bella como siempre, estaba completamente vestida, arreglándose el pelo, sentada a la mesa.

Se volvió cuando entró Martin y le devolvió la sonrisa con tanta calma como pudo. Cuando se había despertado, se había dado cuenta de que él se había ido y de que ella estaba en mitad de la cama, con la sábana arrebujada a la altura de los muslos. No quería pensar dónde estaba cuando él se había despertado.

—Buenos días.

A ella se le aceleró el pulso.

—Hace una bonita mañana —Martin se acercó a ella y se apoyó en la pared de al lado.

Para los sentidos sensibilizados de Helen, era todo masculinidad y poder. Luchando por mantener el control, escuchó atentamente los planes que él había hecho.

—Con suerte, estarás en casa un poco más tarde del mediodía.

Aparte del hecho de que deseaba estar ya en su casa, a Helen se le encogió el estómago. Su aventura iba a terminar y, de repente, el día parecía menos luminoso.

Cuando llegó el desayuno y les fue servido en la mesita de al lado de la ventana, Helen intentó quitarse la tristeza de encima y responder a sus bromas tal y como debía. Él había sido su caballero andante, en realidad, y ella le debía mucho. Así que le plantó cara a su abatimiento y contestó alegremente a sus comentarios.

Se habría sentido mortificada de haber sabido la facilidad con la que él le leía el pensamiento. Claramente, Juno nunca había sido una maestra en el arte del engaño. Su expresión y sus ojos reflejaban su estado de ánimo. Él notó lo que estaba sintiendo, y su deseo de disimularlo. Sabiamente, no hizo comentario alguno, pero estaba extraordinariamente satisfecho de que a ella la entristeciera la separación. Sería mucho más fácil atraerla cuando se encontraran de nuevo.

Cuando terminaron de desayunar, él la siguió al piso de abajo. El coche que la iba a llevar a Londres la estaba esperando. Los mozos y el cochero estaban preparados.

—Les he dicho que te lleven a Londres, pero que una vez allí, tú decidirás dónde quieres ir. Les he pagado por todo el servicio, así que no tienes que preocuparte por eso.

A Helen se le cortó la respiración.

—No sé cómo agradecérselo, milord —dijo ella, en voz baja, para que nadie pudiera oírlos—. Ha sido usted de una ayuda inestimable.

La sonrisa de Martin se hizo más ancha.

—El placer ha sido mío, bella Juno —él le tomó la mano y le dio un beso en los dedos temblorosos.

—Su anillo —dijo ella, susurrante.

Suavemente, de mala gana, Martin le quitó el sello y se lo puso. Después la miró a los ojos.

—Hasta la próxima vez que nos encontremos.

Helen sonrió, consciente del deseo que sentía de apoyarse en él y agarrarle la mano.

De repente, a Martin se le ocurrió que estaban fingiendo que eran marido y mujer, y ser su esposo le daba ciertos derechos. Además, al ser un vividor, estaría loco si no aprovechara una oportunidad como aquélla. Sonrió malvadamente.

Helen vio la sonrisa y abrió mucho los ojos, pero no tuvo forma de evitarlo. Él la abrazó y la atrajo hacia su cuerpo, mientras le alzaba la cara. Sus labios se cerraron sobre los de Juno, confiadamente, posesivamente. Y el tiempo se detuvo.

Durante un instante, ella se resistió al beso, pero después no pudo resistir más. Abrió los labios, y él aprovechó automáticamente la oportunidad para saborearla, explorándola de una forma lánguida y burlona, y ella notó que la abrazaba con fuerza. Se derritió contra él. Era completamente delicioso, toda una invitación al placer. Su aroma embriagador la invadió, y no pudo ser consciente de otra cosa más que de él.

De mala gana, Martin terminó de besarla. Sabía que, por el momento, ir más allá era imposible, pero al menos, le había dejado algo para que lo recordase en Londres, hasta que volvieran a encontrarse y él pudiera continuar seduciéndola.

Mirándola a los ojos, él sonrió y, demasiado sabio como para intentar conversar, la condujo hacia el carruaje. El mozo abrió la puerta, y Martin ayudó a su diosa a subir y a sentarse cómodamente. Después volvió a besarle la mano.

—Adiós, bella Juno. Hasta que volvamos a vernos.

Helen parpadeó. El mensaje que le había transmitido su mirada estaba claro. Entonces, la puerta se cerró, y el carruaje se puso en marcha. Ella tuvo que hacer un esfuerzo para no asomarse a la ventanilla para mirarlo. No había necesidad. «Hasta que volvamos a vernos», había dicho él. Y ella no tenía ninguna duda de que él tenía toda la intención de cumplirlo.

Todavía temblando, Helen tomó aire. Ojalá los sueños pudieran convertirse en realidad.

En el patio de la posada, Martin observó el carruaje hasta que desapareció por la carretera de Londres. Ella no podía escapar. La encontraría en Londres, de aquello estaba seguro.

Era una diosa a la que iba a adorar.

Tres semanas más tarde, Helen estaba en su habitación, observando el contenido de su armario para decidir qué podía usar y qué no podría usar más, en aquella Little Season, cuando Janet, su doncella, asomó la cabeza por la puerta.

—Tiene visita, milady.

Antes de que Helen pudiera preguntar quién era, Janet se había ido.

Helen volvió a sentir el nerviosismo que había experimentado desde que había vuelto a la ciudad. Pero no podía ser él, pensó. No, a las once de la mañana. Con un suspiro, se quitó la bata y se sentó ante el tocador para arreglarse.

Su reaparición en la capital había causado algo de revuelo entre sus amigos, pero gracias a la discreción de sus sirvientes, la noticia no se había extendido. A pesar de las explicaciones que había tenido que dar, el episodio había sido superado sin una catástrofe. Durante su relato, había conseguido no tener que desvelar los nombres de su secuestrador, al que no quería mencionar porque no tenía pruebas concluyentes de que fuera Hedley Swayne, ni de su rescatador, cuya mención le resultaba demasiado escandalosa a ella misma. Además, había tenido suerte, porque las circunstancias habían hecho que el nacimiento del hijo y heredero de su guardián, Marc Henry, marqués de Hazelmere, hubiera coincidido con su vuelta a Londres, y el marqués se había quedado en su casa de Surrey. Si Helen hubiera tenido que enfrentarse a sus agudos ojos de color avellana, estaba segura de que habría tenido que confesar toda la verdad. Afortunadamente, el destino le había prestado su ayuda.

Mientras bajaba las escaleras estaba impaciente, aunque sabía que los ojos grises que la habían hechizado no estarían esperándola abajo. Y, de todas formas, si la buscaba, sabría su nombre, y entonces lo sabría todo. Sus sueños tontos nunca se convertirían en realidad.

La persona que la estaba esperando abajo era Dorothea, la marquesa de Hazelmere.

—¡Helen! —Dorothea se puso de pie, tan elegantemente vestida como siempre, con la cara encendida con una felicidad radiante.

—Thea, ¿qué estás haciendo aquí? Yo creía que estarías en Hazelmere durante meses —Helen le devolvió a la joven un cariñoso abrazo. Se habían hecho muy amigas desde que Dorothea se había casado con Hazelmere, un año atrás. La amistad de Helen con Hazelmere se remontaba a la infancia. Ella era pariente lejana de los Henry, y había pasado muchos veranos con la hermana pequeña de Hazelmere, en Surrey.

Helen observó a Dorothea y sintió una punzada de envidia, al saber que ella nunca experimentaría la felicidad de su amiga.

—¿Qué tal está mi ahijado? —le preguntó.

—Darcy está perfectamente —respondió Dorothea mientras las dos salían al patio trasero de la casa, soleado y lleno de flores.

Se sentaron en el banco, y Dorothea empezó a contarle:

—Lo he instalado en el segundo piso de la casa. Mytton no sabe cómo reaccionar, y Murgatroyd está dividido entre el orgullo y las ganas de presentar su renuncia.

Helen sonrió. El mayordomo y el ayuda de cámara de Hazelmere eran muy familiares para ella.

—Pero, ¿cómo has conseguido convencer a Marc de que estabas lo suficientemente bien como para venir a la ciudad? Yo estaba segura de que te tendría recluida hasta que Darcy empezara a andar, como mínimo.

—Muy fácil —respondió Dorothea, con los ojos muy brillantes—. Le dije que si estaba lo suficientemente bien como para acostarme con él, también lo estaba como para aguantar los rigores de la temporada.

Helen soltó una carcajada.

—¡Oh, Dios mío! Lo que habría dado por ver su cara.

—Sí. Fue digna de verse —respondió Dorothea, y después estudió a Helen con atención—. Pero ya hemos hablado lo suficiente de mi marido. ¿Qué es eso que he oído de una desaparición?

Fingiendo despreocupación, Helen le contó la historia. Dorothea no la presionó para que le contara los detalles que omitió, y se limitó a comentar, al final del relato:

—Hazelmere no se ha enterado, y no veo ninguna razón para contárselo. Y, en realidad, para lo que he venido es para invitarte a una cena el jueves. Sólo la familia, aquéllos que están en la ciudad. Es demasiado pronto, todavía, para hacer algo formal, y ya tendremos suficiente de eso cuando empiece la temporada. Vendrás, ¿verdad?

—Por supuesto —dijo Helen. Después hizo un gesto burlón—. Pero... para entonces, Hazelmere habrá oído la historia de mi escapada. Podrías decirle que no hay ninguna razón para que se preocupe y que no me va a sentar nada bien que me haga un interrogatorio durante la cena.

Dorothea se rió y le estrechó una mano.

—Me aseguraré de que se comporte.

Helen tenía completa confianza en su amiga en aquel punto, y sonrió al pensar en el poderoso Hazelmere siendo manejado, en algunas cosas, por su elegante esposa.

Dorothea se levantó.

—Tengo que darme prisa si quiero ver a Cecily.

Helen acompañó a su invitada a la puerta.

—Ven pronto, si puedes —le pidió Dorothea—. Darcy siempre se porta muy bien cuando estás tú —le dio un abrazo afectuoso y bajó las escaleras hacia el coche que estaba esperándola en la calle.

Helen la vio marchar, y después, sonriendo, subió a su habitación a elegir un vestido para el jueves.

Martin caminaba por la calle de St James, totalmente ajeno al ruido y al ajetreo que lo rodeaba. Todavía tenía que averiguar el nombre real de la bella Juno, un fallo que iba a rectificar en cuanto pudiera. Había creído que podría hacer las averiguaciones en cuanto llegara a Londres, pero se había encontrado con una crisis en su finca de Leicestershire, así que había estado en Londres el tiempo suficiente como para recoger los documentos que necesitaba y había tenido que partir de nuevo. Cuando, finalmente, había resuelto los problemas, habían pasado tres semanas.

Aquella mañana se había despertado con la determinación de recuperar el tiempo perdido. White's le había parecido el lugar obvio para empezar. Nunca había dejado de pagar las cuotas de socio, a pesar de todos los años que había faltado de la ciudad. Así pues, cuando fue preguntado por el portero, le dijo con toda naturalidad que mirase la lista de socios.

Todo estaban en orden. Por el cambio de actitud del hombre, Martin dedujo que su título era ya del dominio público. Mientras atravesaba las salas, lo saludaban con respeto.

Cuando entró en el salón principal, observó los grupos en busca de caras familiares. Fueron ellos quienes lo reconocieron.

—¿Martin?

La pregunta hizo que se volviera, y vio un par de ojos marrones al mismo nivel que el suyo. Encantado, Martin sonrió.

—¡Marc!

Se estrecharon las manos afectuosamente. Después de haber intercambiado todas las noticias sobre su vida, Hazelmere le señaló hacia otras salas.

—Tony está por ahí, en alguna parte. Él también se ha casado. Con la hermana de Dorothea, casualmente.

Martin lo miró divertido.

—Eso debe de haber causado muchos comentarios. ¿Cómo se ha tomado Tony las tomaduras de pelo acerca de que siempre seguía tu ejemplo?

—Pues, esta vez, extrañamente, no le ha importado.

Encontraron a Anthony, lord Fanshawe, y a otros miembros de lo que había sido el grupo de Martin, en las salas del fondo. La entrada de Martin causó un revuelo. Lo bombardearon a preguntas, que él contestó de buen humor, volviendo a atar los cabos que unían viejas amistades y, para su sorpresa, fue relajándose poco a poco. Sin embargo, entre tanta gente, dejó aparte las preguntas sobre Juno. Podía admitir ante Hazelmere y Fanshawe, sus mejores amigos, cierto interés en una viuda, pero no iba a crear especulaciones entre tanta gente.

Unas horas más tarde, sus dos amigos y él abandonaron el club, y él reflexionó irónicamente que, al menos, había hecho su reaparición en sociedad.

Cuando estaban a punto de despedirse, Hazelmere lo retuvo.

—Acabo de recordar una cosa. Ven a cenar mañana a casa. Va a ser una reunión informal, sólo la familia. Tony también va a venir, así que podrás conocer a nuestras dos esposas —y añadió, sonriendo con orgullo—, y a mi heredero.

—¡Claro! —exclamó Fanshawe—. Ven y contribuye al buen humor de la cena. Va a ser un caos, de todas formas.

Martin no pudo evitar soltar una carcajada.

—Muy bien. Tengo que confesar que estoy deseando conocer a vuestros dechados de virtudes.

—Entonces, a las seis. Todavía cenamos pronto, en esta época.

Después de despedirse, Martin caminó hacia su casa recién reformada y decorada, en Grosvenor Square, pensando en que la nueva lady Hazelmere podría ayudarle a descubrir la identidad de Juno.

Cuando llegó, le entregó los guantes y el bastón a su mayordomo, Hillthorpe, que había aparecido instantáneamente para recibirlo. Después se dirigió hacia la biblioteca, impresionado de nuevo por el silencio que reinaba en la enorme casa. En sus recuerdos, aquella casa siempre estaba llena de niños, de los amigos de sus hermanos, de sus padres, de los suyos. Todo había desaparecido. Sólo quedaba su madre, recluida en sus habitaciones en Somerset, y su hermano pequeño, Damian, y sólo Dios sabía dónde estaba en aquel momento. La expresión de Martin se endureció al pensar en su hermano, y apartó el pensamiento de su mente. Damian sabía cuidarse por sí mismo.

Se sentó en una butaca recién tapizada con una copa de brandy y pensó en su hogar. Estaba vacío, y necesitaba llenarlo de vida y de risa. Aquello era lo que seguía echando de menos. Había terminado con la decadencia, las humedades y los desperfectos causados por gente falta de escrúpulos. La casa estaba nueva. Había llegado la hora de poner todas sus energías y su inteligencia en la tarea de reconstruir su familia.

El orgullo con que Hazelmere había hablado de su mujer y de su hijo lo había impresionado. Conocía a Marc, y sólo le habían bastado unas horas para saber que los lazos que una vez existieron entre ellos dos habían pervivido.

¿Quizá fuera el destino el que había puesto a Juno en su camino?

Martin sonrió con cierta crítica hacia sí mismo. ¿Por qué no podía admitir, simplemente, que se había enamorado perdidamente de aquella mujer? No había necesidad de pensar en el destino, ni en nada sobrenatural. Juno era muy real, y para él, muy deseable. Y, por primera vez en su vida, no estaba pensando en una relación pasajera. Estaba seguro de que su interés por Juno no iba a desvanecerse nunca.

Con una sonrisa, Martin levantó su copa en un brindis silencioso. Por su diosa. Terminó el brandy y dejó la copa en la mesita. Después, salió de la biblioteca.

El jueves por la tarde hacía buen tiempo. Martin fue caminando hacia Cavendish Square. El mayordomo de Hazelmere, Mytton, lo recibió y, para su asombro, lo reconoció.

—Bienvenido, milord. Celebro su vuelta.

—Eh... gracias, Mytton.

Hazelmere salió al vestíbulo.

—Pensé que serías tú.

Martin le estrechó la mano, pero su mirada fue atraída por la mujer que había seguido a su amigo. Era muy esbelta y tenía la piel blanca y el pelo castaño rojizo. Su cara tenía una belleza clásica. Martin miró de nuevo a Hazelmere, con las cejas arqueadas a modo de pregunta.

La sonrisa de la cara del marqués fue la respuesta.

—Permíteme que te presente a mi esposa. Dorothea, marquesa de Hazelmere. Martin Willesden, conde de Merton.

Martin le hizo una reverencia a la marquesa, y Dorothea le correspondió con otra.

—Bienvenido, milord. He oído hablar mucho de usted. Me siento muy honrada de ser la primera anfitriona que lo entretenga.

Martin sonrió.

—El placer es enteramente mío, milady —era una mujer encantadora, perfecta para Hazelmere.

—Por favor, entre y le presentaré a los demás —Dorothea lo tomó del brazo y lo condujo al salón.

Hazelmere se puso al otro lado.

—También tienes que conocer a mi heredero —le dijo, con los ojos brillantes.

Se detuvieron a la entrada del salón. Las conversaciones animadas se entremezclaban. Martin paseó la mirada por la gente y descubrió a Fanshawe, con una muchacha rubia muy bella a su lado, hablando con otra mujer a la que Martin reconoció. Era la madre de Marc, la marquesa viuda. Martin la recordaba con afecto. Fue una de las únicas que no lo condenó por el asunto Monckton.

Después dirigió la mirada hacia otro grupo que estaba al lado de la chimenea, y se quedó petrificado. Había una mujer al lado del hogar, con un bebé en los brazos. Tenía el pelo rubio, rizado y brillante, y llevaba un exquisito vestido de color ámbar. Era más alta que el elegante dandy con el que estaba conversando, su amigo Ferdie. La entrada de Martin interrumpió su charla. De repente, sus ojos verdes, abiertos como platos, se fijaron en él.

Con una sonrisa lenta y malvada, Martin se dirigió directamente a Juno.

Mientras cruzaba la habitación, Martin escuchó amablemente los comentarios de Dorothea, que pensaba que él estaba interesado en ver a su hijo. La sonrisa de Martin se hizo más amplia. Verla con un bebé en los brazos le afectó más de lo que él habría querido. Quería tenerla frente a su propia chimenea, con su propio hijo en los brazos. Era así de simple.

Helen no podía respirar. Ver a Martin entrando en el salón la había dejado aturdida. En medio de una frase de respuesta a una pregunta de su amigo Ferdie, su voz se había quedado suspendida, porque su mente sólo podía atender al calavera que se acercaba a ella. Con un esfuerzo, tomó aire. Sentía pánico. Levantó la mirada hasta la de él y se vio atrapada en medio de nubes grises. Al percibir su sonrisa perversa, tuvo que reprimir un estremecimiento de impaciencia e intentó librarse de su hechizo. ¡Cielos! Tendría que manejar aquella situación de una forma más habilidosa. ¿Adónde habían ido todos sus años de experiencia?

Entonces, Dorothea se acercó para tomar a su hijo en brazos.

—Déjeme presentarle a lord Darcy Henry.

El conde de Merton apenas miró al bebé.

—Tiene casi dos meses —dijo Dorothea, pero cuando levantó la vista se dio cuenta de que el conde ni siquiera estaba mirando a su niño. Se dio cuenta de que estaba absorto mirando a Helen. Dorothea siguió su mirada y se encontró a su amiga hipnotizada por los ojos de lord Merton.

Fascinada, Dorothea miraba a Martin y a Helen, y de vuelta a Martin, hasta que su marido apareció en escena. Ex calavera como era, Hazelmere comprendió lo que sucedía al instante.

—Martin, lord Merton, le presento a Helen, lady Walford, la madrina de Darcy —Hazelmere se volvió hacia su esposa—. Quizá, querida mía, deberías llevar al niño a su habitación —y con aire de inocencia, volvió a mirar a Helen—. Y quizá, Helen, tú podrías presentarle a los demás. Al menos, a aquéllos a los que Martin no recuerde.

Después, Hazelmere se retiró.

Al verse en libertad de movimientos, Martin sonrió de nuevo. Se acercó a Helen, con la ceja arqueada socarronamente.

—Desvelada por el destino, bella Juno.

Las palabras, suavemente pronunciadas, le acariciaron el oído a Helen y le enviaron un delicioso escalofrío por la espalda.

—Helen —susurró ella, rápidamente.

—Tú siempre serás la bella Juno para mí —respondió él—. ¿Qué hombre de carne y hueso dejaría escapar esa visión? Sólo tienes que hacer memoria.

Helen pensó que sería mejor que no lo hiciera. Su compostura ya estaba lo suficientemente amenazada.

Calmadamente, Martin la tomó de la mano y le besó los dedos, sonriendo ante el temblor que aquella acción provocó en ella. Helen se dio cuenta de que su sonrisa era toda una malvada declaración de intenciones. La indignación llegó en su rescate.

—Veo que conoce a Hazelmere.

—Mmm, sí, somos viejos amigos. Muy viejos.

De aquello, Helen no tenía ninguna duda. Durante años, Marc la había protegido severamente de los intentos de todos los calaveras de la alta sociedad. Sin embargo, en su propio salón, la había arrojado en los brazos de Martin Willesden. ¡Típico! Helen reprimió una carcajada desdeñosa.

Con sus buenas maneras de costumbre, Ferdie se había alejado ligeramente al ver que Martin se había acercado con tanta decisión. Con una mirada de advertencia para el réprobo que estaba a su lado, Helen elevó la voz.

—Ferdie, ¿conoces al conde de Merton?

Era evidente que no. Helen los presentó, y añadió para darle más información a Martin:

—Ferdie es el primo de Hazelmere.

Martin frunció ligeramente el ceño.

—¿El que se atrevió a cabalgar sobre el semental de su padre?

Helen observó divertida cómo Ferdie se sonrojaba.

—No creía que nadie se acordara de eso.

—Yo tengo una buena memoria—dijo Martin, buscando a Helen con la mirada. Y una vez que hubo atrapado la suya, añadió en voz baja–: Especialmente buena.

Entonces fue Helen la que se sonrojó, y se apresuró a preguntarle a Martin para desviar el tema:

–¿Conoce a la madre de Dorothea, milord? –inclinó la cabeza a Ferdie y condujo a Martin en dirección de las viudas, con la esperanza de que en su presencia él no tuviera tanta facilidad para lanzar aquellas indirectas.

Para su alivio, mientras se movían entre los invitados de Hazelmere, Martin se comportó de una forma que sólo pudo confirmar ante Helen lo experto que era en aquellas lides. Charló con facilidad con todo el mundo que le presentó, con el encanto que ella siempre les había atribuido a los vividores más peligrosos. Sin embargo, en ningún momento dio muestras de querer abandonar su compañía. De hecho, con su actitud declaró que, de haber sido posible, habría monopolizado todo el tiempo de Helen sin ninguna duda.

Dejó tan claras sus preferencias que ambas viudas, las madres de Marc y de Dorothea, se deleitaron tomándoles el pelo.

–Creo que ha estado varios años en las colonias, milord. ¿Podría decirse que lleva tiempo recordar nuestro modo de hacer las cosas?

La significativa mirada que lady Merion le lanzó a Martin debería haber hecho que se ruborizara incluso él. Sin embargo, Helen escuchó horrorizada su respuesta:

–Acabo de decir que tengo una memoria excepcional, así que ahora no puedo aducir mala memoria como excusa, señora.

Helen, por mucho que lo intentó, no pudo evitar mirarlo. Tenía los ojos grises muy brillantes y clavados en ella.

—Quizá, milord, debería buscar ayuda para llevar acabo su *reentré* en sociedad —la mirada de la marquesa era incluso más inocente que la de su hijo—. Quizá lady Walford esté dispuesta a ayudarlo.

Helen se puso del color de la grana.

—Muy buena idea, señora —con una sonrisa para las encantadas viudas que libró a Helen de la necesidad de hablar, Martin la retiró de su más que cuestionable seguridad.

Su compostura estaba en peligro, pero Helen intentó actuar con calma, incluso cuando descubrió, mientras la velada avanzaba, que Martin se las había arreglado para ser su acompañante hasta el comedor y sentarse a su lado en la cena.

Bajo la cubierta de una tumultuosa conversación sobre los últimos deslices del Príncipe Regente, Martin se inclinó hacia ella y le preguntó:

—¿Me permitirás que te lleve a pasear por el parque en coche, Juno?

Helen le lanzó una mirada brillante, intentando mostrarle su desaprobación por usar aquel nombre continuamente. Él le respondió con una sonrisa impenitente.

—Bien. Iré a buscarte mañana, a las once en punto.

Antes de que ella pudiera reaccionar ante su desfachatez, él le ofreció la bandeja de la langosta. Helen respiró hondo, con determinación.

—Milord... —comenzó.

—¿Mi señora? —replicó él, enfatizando las palabras. Buscando frenéticamente alguna forma de señalarle sus faltas en cuanto a las formas aceptables en sociedad, Helen lo miró a los ojos, y supo que no tenía ninguna oportunidad de hacer que cejara en su propósito. Él sostuvo su mirada, y el fuego que ardía en sus ojos grises brilló con fuerza. Arqueó una ceja. Bruscamente, Helen miró al plato.

Entonces, Martin se volvió hacia su otro compañero de mesa, con una sonrisa confiada en los labios.

Con los nervios a flor de piel, Helen tomó la decisión de que sería mucho mejor volver a su grupo de amigos en cuanto tuviera oportunidad, antes de tener que enfrentarse con un oponente del calibre de Martin Willesden.

Cuando todos volvieron al salón, fue la joven lady Fanshawe, Cecily, la que propició sin intención el próximo movimiento de lord Merton. La joven Cecily, con sólo diecisiete años, había saludado a todo el mundo encantadoramente, como era usual, pero nadie le había presentado a Martin al principio. Helen hizo las presentaciones y se quedó asombrada por la reacción de Cecily. Los enormes ojos marrones de la chica se abrieron como platos. Lady Fanshawe se quedó absorta, mirándolo fijamente.

—Ooh —dijo, finalmente.

Tony Fanshawe se acercó a tiempo para presenciar la reacción de su mujer. Con un profundo suspiro, la tomó por el brazo.

—Vete, Martin —dijo, y con una mirada sufriente, se dio la vuelta con Cecily, y cuando estaban a punto de alejarse, se volvió de nuevo con un brillo perverso en los ojos—. Y, pensándolo bien, ¿por qué no te llevas también a Helen?

Helen lo miró asombrada. Eran insoportables, todos ellos. Un montón de calaveras sin remordimientos.

La risa de Martin atrajo la mirada de Helen.

—Qué buena idea —dijo, y le tomó la mano.

Helen, hipnotizada por sus ojos grises, no pudo hacer más que observar cómo se llevaba la mano a los labios y le besaba los dedos con una emoción que ella estaba empezando a reconocer. El gesto fue simple, pero lleno de significado. Él alargó un momento aquella caricia, y ella sintió escalofríos de placer por la espalda.

Desesperada, Helen parpadeó, y lo miró a través de los ojos de Cecily. Estaba acostumbrada a que los hombres tuvieran su misma altura, pero Martin era más alto, y tenía el poder de hipnotizarla con la mirada. Las arrugas de sus ojos sugerían que se reía a menudo. Tenía las mejillas tersas y bronceadas, y los labios finos y firmes. Su mandíbula cuadrada lanzaba una advertencia sobre su temperamento.

Con un suave suspiro, Helen se dio cuenta de que lo había estado mirando durante demasiado tiempo, y le preguntó, confusa:

—¿Ve usted a Ferdie por algún lado?

Martin percibió el pánico en su tono de voz. Sonrió y, complaciente, paseó la mirada por la habitación. La respuesta inconsciente de Juno le había dado ánimos, pero no iba a presionarla más.

—Está al lado de la chimenea —respondió, y se colocó su mano en el antebrazo. Después, caminaron hacia el grupo.

Agradecida por su comprensión, Helen aprovechó aquel corto paseo por el salón para recomponerse y poner los pies en el suelo de nuevo. Sintió alivio cuando Hazelmere se acercó a ellos y le dijo a Martin:

—Tony y yo vamos a White's. Gisborne también va a venir —dijo, señalando a su cuñado—. ¿Te apetece echar una partida?

—Por supuesto —respondió Martin, sonriendo.

Hazelmere se rió.

—No creía que hubieras cambiado —dijo, y después, se despidió de Helen y se marchó.

Martin le sostenía la mano. Ella lo miró, y descubrió que su expresión estaba más allá de lo aceptable, su mirada era una caricia cálida e íntima. Volvió a besarle la mano.

—Hasta mañana, bella Juno.

Ella sólo pudo asentir y despedirse.

Mucho después, en la privacidad de su habitación, Helen observó su reflejo en el espejo, mientras se preguntaba cuándo terminaría aquella locura.

No iba a terminar pronto, pensó Helen cuando, al día siguiente, Martin apareció para llevarla a dar un paseo por el parque, tal y como había prometido. Mientras pasaban bajo los árboles, sentados en un coche que a ella le resultaba muy familiar, Helen descubrió que él no pensaba darle la oportunidad de que sopesara la inteligencia de dar aquel paseo. En vez de aquello, parecía que estaba totalmente decidido a seguir el consejo de la marquesa viuda de Hazelmere, y conseguir su ayuda.

—¿Quién es aquélla que lleva el vestido de color rojo chillón?

Helen siguió su mirada.

—Aquélla es lady Havelock. Es un poco dragón.

—Y lo parece. ¿Todavía ejerce su dominio sobre la Casa Melbourne?

—No demasiado, ahora que lady Melbourne vive

tan retirada —respondió Helen, al tiempo que levantaba la mano para saludar a un conocido.

—¿Y quién es ese hombre?

Al oír aquel gruñido posesivo, Helen apretó los labios.

—¿Shiffy? Es sir Lumley Sheffington.

—Oh —Martin observó de nuevo aquella cara pintada y aquel horrible traje de color melocotón—. Ahora lo recuerdo. Me había olvidado de él, cosa por completo comprensible.

Helen soltó una risita. Shiffy era uno de los individuos más memorables de la alta sociedad.

Martin continuó haciendo preguntas sobre los otros paseantes, sobre las cosas que habían ocurrido en la ciudad, y sobre si ciertas personas eran tal y como él las recordaba. Absorta en responder, Helen no notó que la hora que pasaron juntos se desvanecía rápidamente, y con mucha más facilidad de lo que ella esperaba.

Al descender las escaleras de la casita de Helen en Half Moon Street, después de haberla dejado sana y salva, Martin sorprendió a Joshua, que estaba sujetando las riendas de los caballos, con una sonrisa resplandeciente. Martin tomó las riendas y le señaló a Joshua la parte de atrás del coche.

—El día está precioso, mis proyectos progresan a buen ritmo, ¿qué más puedo pedir?

Mientras subía al asiento de los mozos, Joshua puso los ojos en blanco.

—Lo que le pasa no es ningún misterio, desde luego —murmuró, tomando nota mental de averiguar algunas cosas sobre lady Walford.

Completamente satisfecho e ignorante de los pensamientos de su cochero, Martin ordenó a los caballos que se pusieran en marcha.

A medida que avanzaba la semana, tenía más motivos para sentirse contento. Su reaparición en sociedad fue mucho más fácil de lo que él había pensado. Una visita al teatro, para acompañar a Juno a ver la última obra de la señora Siddons, hizo que todas las damas mayores y anfitrionas se fijaran en él. El montón de cartas que se apilaba sobre su chimenea era cada vez mayor.

Evitando toda sutilidad, averiguó a cuáles de aquellos bailes y cenas iba a asistir su diosa, simplemente, preguntando. De aquella manera, decidió ir sólo a los mismos eventos que ella.

Al llegar al baile de lady Burlington, Martin se tomó la molestia de observar cómo lo recibían. Las invitaciones eran una cosa, pero, ¿cómo tratarían a la oveja negra una vez que lo tuvieran delante? Si iba a casarse con Helen, la aprobación de la sociedad era algo que debía conseguir.

No hubiera tenido ninguna necesidad de preocuparse.

—¡Lord Merton! —lady Burlington saltó encima de él—. ¡Estoy tan entusiasmada por que haya encontrado tiempo para asistir a mi fiesta!

—Encantado de que haya venido —corroboró lord Burlington.

Después de saludar y cumplimentar a sus anfitriones, Martin entró en el salón de baile y se vio rodeado. De mujeres.

Una mezcla de perfumes lo inundó.

—¡Lord Merton! —era lo que salía de todos los labios. Las matronas, que trece años antes le habían cerrado sus puertas, estaban deseosas de mostrarle sus credenciales. Martin consiguió enmascarar su antipatía y, con cierto aire de superioridad, aceptó su admiración, al tiempo que averiguaba cómo había que jugar a aquel juego.

—Espero que encuentre tiempo para visitarme.

Martin arqueó una ceja al escuchar el tono de la voz que le había hecho aquella invitación. Provenía de una rubia con los ojos azules, brillantes y fríos. No podía dejar de notar las miradas ardientes que le estaban dedicando algunas de las damas presentes, y se preguntó con cinismo qué habría ocurrido si él no hubiera vuelto adornado con el título de conde y con grandes posesiones; seguramente, la atención que le prodigaban no habría sido la misma.

Debido a todos aquellos saludos, Martin no vio a Helen hasta más tarde. Al instante, él supo que ella también lo había visto, pero, insegura, no quería darse por enterada. Con una sonrisa perversa, se despidió de su cohorte de admiradoras y se acercó a su diosa.

Helen supo que se estaba acercando mucho antes

de que llegara a su lado, pero continuó hablando con la señora Hitchin, hasta que la mujer se quedó callada con la mirada por encima del hombro de Helen. Entonces, ella se volvió.

—Milord —le dijo. Él le tomó la mano suave pero posesivamente. Decidida a no ruborizarse ni ponerse nerviosa, Helen le hizo una reverencia.

Martin hizo que se levantara, y después, lenta, deliberadamente, se llevó su mano a los labios. El brillo de sus ojos hizo que sintiera algo muy cálido y familiar en su interior. Para su alivio, pudo reaccionar gracias a la experiencia de todos los años de etiqueta que llegó en su rescate.

—Milord, permítame presentarle a la señora Hitchin.

Pero Martin no tenía ningún interés en la señora Hitchin. Le hizo una inclinación de cabeza educadamente, y sonrió. Sin embargo, no dejó escapar la mano de Juno. En vez de eso, se la puso en el antebrazo.

—Mi querida lady Walford, va a empezar un vals. Espero que a la señora Hitchin no le importará excusarnos...

Helen parpadeó. ¿Cómo se atrevía a, simplemente, acercarse y apropiarse de ella? De repente, asimiló por completo lo que significaba aquella frase. ¿Un vals? En sus brazos. Que Dios la ayudara, ¿cómo se las iba a arreglar? Sólo con pensarlo se sentía débil.

Muerta de miedo, buscó ayuda con la mirada, pero

no sirvió de nada. La señora Hitchin estaba hipnotizada mirando la sonrisa de Martin. Así pues, antes de que Helen pudiera evitarlo, Martin se dirigía a la pista de baile con ella.

—Te prometo que no muerdo.

Aquellas palabras, susurradas dulcemente en el oído, hicieron que Helen recuperara la compostura. Estaba siendo tonta, remilgada, ella, que no conocía el significado de aquella palabra. Él no iba a hacer nada poco aceptable en mitad del baile, ¿verdad?

Y entonces se encontró en sus brazos, sujetándola tan cerca como ella se había temido. Se unieron a las parejas que giraban en la pista. Estar tan cerca de Martin Willesden le produjo una marea de sensaciones que nunca había experimentado. Helen luchó por controlarse. No podía dejar que él la afectara de aquel modo, que dirigiera de tal forma sus sentidos.

—Milord —dijo ella firmemente, mirándolo a los ojos.

—Mi señora —respondió él, confiriéndole a la palabra, con su tono de voz, un significado que iba mucho más allá de lo mundano, y confirmando su intención con la mirada.

Helen puso los ojos en blanco. ¡Santo cielo! ¡Estaba seduciéndola! En mitad del baile de lady Burlington, con la mitad del salón observándolos. Revisando rápidamente lo que ella había creído que él sería capaz de hacer, bajó los párpados y buscó un tema de conversación más ligero.

—¿Qué le parece la sociedad que ha conocido hasta ahora? ¿Da su aprobación?

—Todavía no lo sé. Tengo muy poca sabiduría acumulada durante los años pasados como para poder comparar. Pero, en realidad, tengo mis reservas.

—¿Sí? —agradecida por que él estuviera dispuesto a charlar razonablemente, Helen decidió pasar por alto que cada vez la estaba acercando más a él—. ¿Y por qué?

—Bueno —dijo Martin, fingiendo que reflexionaba—. Es con el elemento femenino con el que tengo más problemas.

Helen empezó a sospechar. ¿Qué sería lo que un vividor consideraba una conversación razonable? Se sintió obligada a concederle el beneficio de la duda y le preguntó:

—¿Qué es, en concreto, lo que le preocupa?

—Sus tendencias depredadoras —dijo, y cuando ella le lanzó una mirada desconfiada, él se apresuró a añadir—: Es de lo más frustrante para un calavera reconocido sentirse el perseguido, en vez de el perseguidor. Sólo imagínatelo, si puedes.

—Es extraño —dijo Helen, con los ojos muy brillantes—. Creo que sé cómo se siente.

Al oír su respuesta, él esbozó una sonrisa que hizo que Helen perdiera el sentido de nuevo. Cuando se recuperó, la música había terminado.

—Quizá debería volver con... —en su confusión, Helen se mordió el labio inferior. Demonios, ella no era ninguna debutante como para volver corriendo al lado de su acompañante. ¿En qué estaba pensando? ¿Qué era lo que aquel hombre estaba consiguiendo que pensara?

Martin soltó una risa irónica, siguiendo con facilidad lo que ella estaba pensando.

—No tengas miedo, bella Juno. Tu reputación está a salvo conmigo —Martin hizo una pausa y siguió, en tono pensativo—. En lo que se refiere al resto, sin embargo…

La mirada de asombro que ella le lanzó hizo que él se riera de nuevo.

Cuando, unos minutos más tarde, él la llevó al lado de lord Alvanley, todavía algo aturdida, pero lo suficientemente recuperada como para lanzarle una mirada de advertencia, él pensó que no había dicho más que la verdad en aquella conversación. En realidad, él encontraba el interés de las mujeres solteras bastante repulsivo y sospechaba que aquello provenía de su deseo de ser siempre la fuerza causante de sus relaciones. La respuesta de Juno hacia él, completamente natural, era mucho más gratificante; sus intentos de esconderlo, al creer, correctamente, que aquello le daba más influencia sobre ella de lo que a Helen le gustaría, la hacían irresistiblemente atractiva para un hombre como él. Dados sus planes de futuro para ella, no tenía ninguna intención de que su reputación sufriera en sus manos ni en las manos de ningún otro. Y se sentía con derecho, una vez que había llegado tan lejos, de hacerle una indicación de cuáles eran sus intenciones.

Mientras pensaba, anduvo por el salón, esperando a que avisaran para la cena.

Y, mientras bailaba con amigos, Helen tuvo tiempo de sopesar lo que le había dicho Martin Willesden. No lo había entendido exactamente. Estaba segura de que si no hubiera sido porque él sabía que era amiga de Hazelmere, habría querido hacerla su amante. Pero conocía lo suficiente el peculiar código de honor de los calaveras como para saber que la protección de Hazelmere no sería desafiada por su amigo. Entonces, si no era aquél su fin, sus palabras sólo podían significar que estaba buscando una esposa y que creía que ella podría valer para el puesto.

En su interior, Helen suspiró y deseó que fuera cierto. Pero él estaba equivocado, y cuanto antes lo averiguara, mejor. Si no desistía de su persecución, él le iba a romper el corazón. Nadie mejor que ella sabía que, aunque su nacimiento era perfectamente aceptable y sus amistades estaban por encima de todo reproche, ser la viuda de un expulsado de la sociedad no era un pasado apropiado para la condesa de Merton. Aquella posición sería sólo reservada a una de las incomparables de la temporada, o, al menos, a una debutante con una buena dote. Ella nunca había sido una de las primeras, aunque, un mes antes de su matrimonio, sí había sido de las segundas.

El cotillón terminó, y lord Peterborough, a quien conocía de toda la vida, le hizo una elegante reverencia ante la mano que ella le extendía.

—Gracias, Gerry —le dijo con una sonrisa—. Eres siempre tan agradable...

Su señoría se rió y le ofreció el brazo. La cena iba a servirse en el piso de abajo. Helen levantó la mano para colocarla en el antebrazo de su amigo, cuando sintió unos dedos fuertes que se cerraban alrededor de los suyos.

—Ah, Gerry, tenía que decirte que lady Birchfield te está buscando.

Lord Peterborough lo miró fijamente.

—¡Demonios, Martin! Que lady Birchfield busque todo lo que quiera. Tiene edad para ser mi madre.

—¿De verdad? No sabía que fueras tan joven —a Martin le centelleaban los ojos—. Entonces, es toda una suerte que haya venido para acompañar a lady Walford a la mesa. No estaría bien que todo el mundo pensara que es una corruptora de menores.

Una vez que hubo privado a lord Peterborough y a Helen de la palabra, Martin se puso suavemente la mano de su diosa en el antebrazo y la condujo en dirección a la sala de la cena.

Cuando Helen pudo hablar de nuevo, estaba sentada a una pequeña mesa en uno de los rincones de la sala, con un plato de *delicatessen* ante ella. Le dedicó al réprobo que se sentaba a su lado una mirada gélida, y se le hinchó el pecho.

—Lord Merton... —empezó a decir.

—Martin, ¿no te acuerdas? —cortó él, sonriendo—.

Verdaderamente, no habrías pensado que iba a dejar que cenaras al lado de ninguna otra persona.

Helen se sintió completamente ofuscada. ¿Debía responder sí o no? Si decía que sí, él aprovecharía la oportunidad para decirle que tenía que haber sido más lista, lo cual era cierto. Y decir que no era impensable. Al final, lo miró.

—Es usted imposible.

—Toma una croqueta de langosta.

Helen se dio por vencida. Tenía que aprender cómo mantenerlo a distancia. Si no aprendía pronto, sería demasiado tarde. Ya había notado bastantes miradas curiosas clavadas en ellos, aunque todavía seguirían pensando que él sólo buscaba una compañía amable hasta que la Little Season llegara a su esplendor y él se dedicara en serio a la tarea de buscar una esposa.

Satisfecho por su rendición, Martin se dedicó a distraerla, cosa que hizo tan bien que, cuando volvieron al salón, ella estaba completamente aturdida. En aquellas circunstancias, él no le pidió otro baile, sino que se contentó con darle un beso de lo más impropio en la palma de la mano antes de dejarla a merced de caballeros menos peligrosos.

El baile de los Burlington fue el pistoletazo de salida de la campaña de Martin. Asistía a todos los bailes a los que iba Helen, y se deleitaba en tomarle el pelo, sabiendo que ella no suponía su objetivo. Mucha gente había notado su predilección por su compañía, pero a él no le importaba en absoluto. Tenía toda la intención de seguir con algo más que mera predilección.

Todo lo que había averiguado sobre ella había confirmado su certidumbre de que era la mujer que quería ante su chimenea. Era aceptada y respetada por todos. Era una mujer madura, evidentemente, pero aunque conocía las reglas del juego, no jugaba. Tanto hombres como mujeres la admiraban, lo cual no era una hazaña insignificante en aquellos días.

Había pasado una semana desde que empezara la Little Season cuando su persecución lo llevó a Almack's. El Marriage Mart nunca había sido de sus acontecimientos favoritos. Cuando era joven lo había llamado el Templo del Aburrimiento. Con una mueca, reunió decisión y subió las escaleras. Helen estaba dentro y él había decidido no sólo conquistarla a ella, sino también aquel último bastión de la alta sociedad.

El portero lo dejó entrar al vestíbulo, pero, al no ser una presencia asidua, necesitaba el beneplácito de alguna de las damas organizadoras del evento. Por suerte, fue Sally Jersey la que salió en respuesta a la llamada del portero. La mujer se quedó boquiabierta.

—¡Dios mío! ¡Eres tú!

Martin sonrió irónicamente e hizo una reverencia.

—Yo, en carne y hueso, y solo —dijo, y sonrió de una forma encantadora—. ¿Vas a dejarme pasar, Sally?

Lady Jersey conocía a Martin Willesden, y también conocía el escándalo que había en su pasado. Y también era una de las personas que nunca lo había creído. Lo miró y frunció el ceño.

—¿Me prometes que no vas a causar revuelo?

Martin echó la cabeza hacia atrás y soltó una carcajada.

—Sally, eso es imposible.

—Oh... Bueno, está bien. De todas formas, yo nunca creí ese cuento de la chica Monckton —murmuró.

Martin le tomó la mano y le hizo una reverencia.

—¡Oh, vamos! —refunfuñó lady Jersey—. Haces que me sienta vieja.

—Nunca, Sally —y con una última mirada perversa, Martin entró en el salón.

Para su horror, al instante se vio rodeado de madres casamenteras. Mientras había estado hablando con Sally, se había corrido la voz de su llegada, y madres e hijas insípidas se habían acercado a la entrada.

—Mi querido lord Merton, soy lady Dalgleish, una vieja amiga de su madre... por favor, permítame que le presente a...

—Ha tenido usted una vida muy interesante, milord. Tiene que visitar a mi hija Annabelle para contárselo. A ella le encantan las historias de países extranjeros.

En su vida, Martin nunca se había enfrentado a nada como aquello. Claramente, habían decidido que, ya que nadie podía apoyarse en que lo conocía para acercarse a él, debido a sus viajes, pasarían por alto aquellas sutilezas sociales y se presentarían directamente. La razón por la que había estado exiliado trece años había sido olvidada.

—Tiene que venir a mi velada de la semana que viene. Sólo asistirán unos cuantos, gente selecta, y podrá charlar con mi Julia mucho más fácilmente sin esta horda rodeándolos.

Incluso Martin parpadeó al oír aquello. Eran unas desvergonzadas, todas ellas. Resistió la tentación de decírselo y de mandarlas al demonio, porque Sally nunca se lo perdonaría. Y quería ver a Helen que, indudablemente, estaba allí.

Al final, Martin hizo una reverencia a la matrona que tenía enfrente y se despidió.

—Les pido disculpas, señoras, pero me temo que tengo que dejarlas. Ha sido muy agradable conocer a sus hijas —con una sonrisa vaga, salió del grupo que lo rodeaba.

Helen había notado que una multitud se arremolinaba a las puertas, y había visto su cabeza morena en el centro. Era lo que ella se esperaba, su deber, y nada más. Con un suspiro, hizo un esfuerzo por atender a la conversación de sus amigos. Lord Merton tendría las manos llenas de debutantes desde aquel momento.

—Querida, queridísima lady Walford —Martin no intentó disimular el alivio que sentía—. Qué placer es verla, al fin.

Helen dio un respingo y se volvió, sabiendo a

quién vería frente a ella. Nadie más podía afectar tanto a sus sentidos.

—Milord —dijo, haciendo una reverencia. Como de costumbre, él atrapó su mano y se la besó, cosa que ella había empezado a aceptar como inevitable. Sin embargo, todavía tenía que aprender a asimilar el calor de sus ojos cuando descansaban sobre ella, y la promesa que brillaba en sus pupilas.

Casi sin respiración, Helen le presentó a las tres señoras que estaban con ella. Para su sorpresa, él no intentó llevársela de allí, sino que se quedó a su lado charlando amablemente y, por supuesto, encantando a sus amigas.

Cuando ellas se marcharon a charlar con otros conocidos, Martin dejó a un lado la reserva que usaba en aquellas situaciones sociales. Miró a Helen a los ojos.

—Vas a tener que ser mi mentora en esta batalla. ¿Dónde podemos ir para estar a salvo?

Helen lo miró asombrada.

—¿A salvo?

Martin sonrió con un poco de arrepentimiento.

—Estoy pidiéndote tu protección —y, al ver que ella continuaba confundida, él añadió—: En pago por mis esfuerzos anteriores en tu nombre.

Ella se sonrojó, y después lo miró de pies a cabeza.

—¿Y cómo podría yo protegerlo? Usted quiere confundirme de alguna manera.

—En absoluto. Por mi honor de calavera —Martin se puso la mano en el corazón y sonrió—. Las mamás casamenteras están intentando darme caza, te lo aseguro. Y además, salen a cazar en grupo. Si quiero conservar algo de libertad, necesitaré toda la ayuda posible.

Helen ahogó una risita.

—No puede ignorarlas. Algún día, tendrá que elegir esposa.

—No pensarás que yo voy a casarme con una de esas delicadas debutantes, ¿verdad?

—Pero... es lo que se espera de alguien en su posición —Helen lo miró ruborizada, y bruscamente, apartó la mirada. No sólo era una conversación de lo más inapropiada, sino que además había estado a punto de revelarle que su propio matrimonio había sido convencional. Y tenía que admitir que aquello no era exactamente una buena recomendación.

Él clavó los ojos en su cara, como si quisiera obligarla a volver a mirarlo. Incapaz de resistir aquella presión, ella obedeció.

Martin sonrió con dulzura y volvió a besarle la mano.

—Yo nunca me casaría con una de las debutantes, querida mía. Mi gusto se inclina más por... los encantos voluptuosos.

Si Helen tenía alguna duda de lo que él le estaba dando a entender, la expresión de Martin la disipó. Además, cuando ella se ruborizó, él bajó la mirada hasta las curvas de los senos, que se le adivinaban bajo el escote del vestido de fiesta. Helen notó que le ardían las mejillas.

−¡Martin!

Él volvió a mirarla a la cara, con los ojos llenos de risa.

−¿Mmm?

¿Qué podía decir ella? Debía hablarle de la realidad, de las razones por las que ella no era apropiada. Y aquél era el momento. Convencida de que debía acabar con sus locuras antes de que llegaran más lejos, y antes de que a ella se le partiera en dos el corazón.

−Milord, usted no puede casarse conmigo. Mi marido era Arthur Walford... Usted debió de conocerlo. Se suicidó, pero después de haber sido expulsado de la alta sociedad, y de haberse gastado toda su fortuna y la mía en las mesas de juego. Con semejante pasado, no soy una esposa apropiada para usted.

Toda la ligereza de Martin había desaparecido. La expresión de su rostro, dulce y decidida al mismo tiempo, no temblaba, y le acariciaba el dorso de la mano con el dedo pulgar.

−Querida mía, ya sabía todo eso. ¿Es que te creías que me importaba?

Martin sonrió y comenzó a andar con ella de la mano. Si no se movían, había alguien que iba a dejar de hablar.

−Mi querida Helen, yo nunca he sido de los que actuaban de acuerdo con los dictados de la sociedad. Siempre he sido un vividor, y te aseguro que nadie encontrará extraño que yo, de entre todos los hombres, elija casarme con una mujer madura, antes de tener que cargar con alguna cabeza hueca.

Una risita nerviosa le dio a entender que ella había aceptado la verdad que había en todo aquello.

—Y ahora, se terminaron tus objeciones. Si esto es un mero plan para negarme tu protección, tengo que decirte que es un truco muy visto.

—Como si usted necesitara mi protección —Helen siguió de buena gana aquella conversación que se alejaba del tema del matrimonio. Tenía la mente en un remolino. Lo que él le había sugerido estaba más allá de sus sueños más alocados; necesitaba tiempo para reflexionar, y no podía hacerlo con él a su lado—. Estoy segura de que podrá esquivar a las madres casamenteras sin mucho esfuerzo.

—Por supuesto —convino él—. Pero, si lo hago, me expulsarán de estos santos salones, y nunca podré volver, y nunca podré verte los miércoles por la noche. Y no es una perspectiva que me resulte agradable. Así que, por el propio interés de sus noches del miércoles, ¿quiere usted ser mi protectora, señora?

Helen tuvo que reírse.

—Muy bien. Pero sólo si respeta unos límites estrictos.

Martin frunció el ceño.

—¿Qué límites?

—No debe portarse mal conmigo —le dijo, intentando parecer implacable—. No bailaremos más de dos valses en una velada, y nunca seguidos. De hecho —añadió ella, recordando su habilidad para pensar en nuevas formas de tratarla–, no podrá traspasar la línea de ninguna forma, nunca.

–¡Eso es injusto! ¿Cómo voy a poder controlar mis tendencias de vividor? Ten piedad, Juno. No puedo reformarme en un instante.

Pero Helen se mantuvo firme.

–Ésa es mi mejor oferta, milord –y cuando vio que él arqueaba las cejas, las arqueó ella también–. ¿Es que cree que voy a poner en peligro mi propia situación aquí?

Martin suspiró, declarándose vencido.

–Eres una negociadora muy dura, cariño. Me rindo. Por el interés de mi propia piel, acepto tus condiciones.

Pasó un minuto antes de que Helen registrara aquella frase, y entonces era demasiado tarde para quedarse completamente estupefacta.

Para su alivio, Martin se comportó impecablemente durante el resto de la velada. Ella no se hacía ilusiones, porque sabía lo tremendo que podía ser si se lo proponía. Sus «tendencias de vividor», tal y como las había llamado, eran demasiado fuertes. Pero ni siquiera la persona más tenaz podría haber encontrado una falta en su actuación, aparte de que se quedara anclado a su lado.

Después del entusiasmo de la noche en Almack's, Helen había previsto una noche de insomnio. Sin embargo, drogada de felicidad, había dormido perfectamente. Sin anunciarse, pero seguro de que sería bien recibido, Martin la había visitado para llevarla de paseo al parque a las once. Aquella noche, en el baile de Hatcham House, Helen se encontró en sus brazos de nuevo, bailando un vals.

—Dime, Juno, ¿es normal que en este baile no haya apenas gente joven?

—Bueno —respondió ella—, supongo que es porque los Hatcham están apartados del grupo de las debutantes. Sus hijos están casados. Y lord Pomeroy da un baile en honor de su hija esta noche, así que la mayoría de los jóvenes estarán allí.

Martin frunció el ceño.

—Supongo que no puedo convencerte para evitar los bailes más grandes, al menos por este año.

Helen le devolvió la mirada burlona que él le había dirigido.

—Después de haberse librado de las madres casamenteras durante trece años, lo menos que puede hacer es darles la oportunidad de intentarlo con usted.

—Pero tienes que pensar en que sus intentos serían inútiles —su expresión se hizo más seria—. ¿No debería, en interés de la sociedad y de esas madres, hacerme el distraído?

La música cesó, y ellos se detuvieron y después comenzaron a caminar.

—¡De ninguna manera! —ella no veía adónde los estaba llevando aquella conversación—. Es su deber dejarse ver en los mayores eventos.

—¿Estás absolutamente segura?

Cautelosamente, Helen asintió.

—Está bien —suspiró él—. En ese caso, siempre y cuando tú estés allí para protegerme, yo iré.

—Milord, yo no puedo estar siempre a su lado.

—¿Por qué no? —su mirada, totalmente cándida, sostuvo la de Helen.

—Porque...

Helen luchó por enumerar las razones, sus razones lógicas y sensatas. Sin embargo, no pudo, porque sus ojos la tenían atrapada.

—¡Martin! ¡Querido! ¡Qué emocionante es verte de nuevo, después de tantos años!

Helen dio un respingo, y Martin dirigió la mirada hacia la mujer que lo había saludado. No era de extrañar, pensó Helen, que huyera de las damas si el tratamiento que le dispensaban era así. Notó que se le tensaban los músculos del brazo, y se acercó más a él, donde notó que él quería que estuviese. De repente, vio a una mujer rubia, mayor que ella, pero no lo suficiente como para ser una madre casamentera. La mujer le lanzó una mirada gélida, antes de clavar sus ojos azul pálido en el conde de Merton.

Él se quedó silencioso.

Sin embargo, la señora continuó, sin inmutarse.

—Qué sorpresa, querido mío. Deberías haberme visitado. ¡Oh! Pero, por supuesto, tú no lo sabrás. Ahora soy lady Rochester.

Helen lo entendió todo al escuchar aquel nombre.

Reprimió el impulso de mirar a Martin para ver qué estaba pensando de la actuación de aquella dama. Lady Rochester era viuda desde hacía algunos años, y aunque el escándalo nunca había rozado su nombre, los constantes rumores sobre ella le restaban brillo.

El silencio de Martin estaba creando tensión. Sin embargo, la dama continuó:

—Mi querido Martin, tengo tanto que contarte... Quizá, siendo viejos amigos, deberíamos buscar un sitio más privado para hablar de nuestras vidas. Si lady Walford es tan amable de excusarnos...

Aquella última frase fue dicha en tono despreciativo. La dama le puso a Martin la mano en el otro antebrazo. Helen se quedó rígida, y hubiera retirado la suya si no hubiera sido porque Martin se la agarraba firmemente.

—Creo que no.

Helen parpadeó, y se sintió muy contenta de que Martin no usara aquel tono tan particular con ella. El hielo y el viento árticos habrían resultado menos fríos. Intrigada por aquel juego, porque era evidente que había mucho más en aquel intercambio de lo que ella sabía, Helen observó cómo la cara de lady Rochester palidecía.

—Pero...

—Da la casualidad —continuó Martin, con la misma frialdad— de que lady Walford y yo íbamos a dar un paseo por el jardín. ¿Nos permite, lady Rochester?

Con una distante inclinación de cabeza, Martin se

dio la vuelta con Helen a su lado, dejando a la señora con la boca abierta, mirándoles las espaldas.

En pocos minutos, estaban dando un paseo por la terraza del jardín, relativamente tranquilo. Helen notó que Martin se relajaba poco a poco. ¿Quién sería lady Rochester, que era capaz de provocar una reacción tan violenta en Martin? De repente, supo la respuesta.

—¡Oh! ¿Es ella la que...? —empezó, pero se interrumpió bruscamente, azorada.

Martin dejó escapar un suspiro.

—Ella es la que inventó el pequeño drama que hizo que me exiliaran de Inglaterra.

¿Inventar? ¿Qué drama? Ojalá se atreviera a preguntar.

Sin embargo, no fue necesario, porque él continuó.

—Cuando yo tenía veintidós años, Serena, hoy lady Rochester, era una debutante. Literalmente, se me lanzó al cuello. Como ya te he dicho, tengo fobia de nacimiento a que me persigan. En este caso, sin embargo, subestimé al enemigo. Serena planeó una situación comprometida, y entonces gritó que estaba intentando violarla.

Helen arqueó las cejas, pero no hizo ningún comentario.

—Por desgracia, aquello ocurrió al mismo tiempo que mi padre descubría unas deudas de juego... No era nada escandaloso, muy parecido a lo que tenían muchos otros jóvenes. Sin embargo, mi padre estaba decidido a mantenerme a raya. Me lanzó un ultimátum: o me casaba con la chica, o me mandaba a las colonias. Yo elegí las colonias —después se quedó pensativo, y añadió—: Quizá debería estarle agradecido a Serena. Sin sus esfuerzos, dudo que ahora yo mereciera tanto la pena.

Helen le dedicó una suave sonrisa. Vacilante, y sólo porque estaba desesperada por saberlo, le preguntó:

—¿Llegó a saber su padre la verdad?

Hubo una pausa.

—No. Nunca volví a verlo. Murió dos años después de aquello, mientras yo estaba en Jamaica.

Helen no dudó de que había oído la verdad. Ningún hombre, por muy buen actor que fuera, podría manipular el vacío, la sensación de pérdida que transmitía su tono de voz. Había oído vagas murmuraciones de aquel escándalo en el pasado, y estaba contenta de que hubiera sido él quien se lo hubiera contado. De ese modo, podía despreciarlas en el presente.

Siguieron con su paseo, en silencio, y al cabo de unos minutos, Martin sonrió al observar la seriedad de Helen. Era tan fácil leer sus pensamientos... Se sintió curiosamente honrado de que ella mostrase preocupación por su pasado. Pero había llegado la hora de que ella volviera a sonreír.

—¿Puedo tentarte para que nos alejemos un poco de la terraza, Juno? Te prometo que no te secuestraré.

Helen lo miró, y sonrió ante lo que implicaban aquellas palabras. Estuvo a punto de responder que no se oponía a que él la secuestrara, pero, horrorizada, contuvo las palabras. Tenía que admitir que deseaba que la secuestrara, ¡un calavera, ni más ni menos! No podía confiar en su sentido común cuando estaba con él. Disimuló su confusión con una reverencia.

—Por supuesto, milord. Una vuelta a la fuente me ayudará a aclararme la cabeza.

Martin arqueó las cejas.

—¿Necesitas aclararte la cabeza? ¿De qué la tienes llena?

«De ti», pensó ella. Pero él la estaba hipnotizando de nuevo con la mirada, y ella no estaba dispuesta a hacer ninguna revelación. Así que elevó la barbilla y le puso la mano en el antebrazo.

—La fuente, milord.

Su suave risa hizo que se le pusieran los nervios a flor de piel.

—Como ordenéis, bella Juno.

Según avanzaba la Little Season, avanzaba también la campaña de Martin. Estaba bastante claro para él que Helen Walford era suya. Y esperaba que, para entonces, también estuviera claro para el resto de la sociedad. Mientras observaba a su diosa, que conversaba con lady Winchester, con la espalda apoyada en la pared, pensó durante un momento, entre asombrado y divertido, que ella era la única que todavía estaba insegura de que el futuro que él había planeado se convertiría en realidad.

Ella estaba fascinada con él. Así pues, Martin sabía con certeza que su inseguridad sólo podía provenir de un matrimonio infeliz. Arthur Walford debía de tener quince años más que ella cuando se casaron.

—Me pregunto si... ¿es posible tentarte para que vengas a la mesa de juego?

Al oír aquella voz familiar, Martin se dio la vuelta

sonriendo, y se encontró con el marqués de Hazelmere.

—No es probable.

Hazelmere suspiró.

—Ya lo imaginaba. Tendré que ir por Tony —le dio unos golpecitos en el hombro a Martin y añadió—: Sólo recuerda: cuanto antes resuelvas este asunto, antes podrás unirte a nosotros. No está bien olvidar a los amigos —y, con una sonrisa de entendimiento, Hazelmere se marchó.

Se volvió a tiempo para ver a Helen sonriendo a su compañero. Era lord Alvanley, y por lo tanto, inofensivo. Martin sonrió irónicamente. Acababa de llegar, pero el deseo de monopolizar todo el tiempo de lady Walford era más fuerte cada minuto. Tenía que resistirse, sin embargo, porque había un límite para todas las cosas, incluso para la indulgencia de la clase alta hacia una persona que, aquello ya era del dominio público, había sido injustamente acusada. La sonrisa de Martin se hizo más amplia. En realidad, el pasado ya no lo perseguía. Su única preocupación era el futuro. Pero la aprobación general sería importante para el futuro de la condesa de Merton, así que estaba satisfecho por haber podido asegurarse aquella escurridiza aceptación.

La música terminó, y los invitados comenzaron a andar por la pista de baile. Juno estaba con un grupo de jóvenes y, por encima de sus cabezas, Martin observó cómo sonreía. Llevaba un vestido dorado que intensificaba sus encantos hasta la admiración. Todavía no lo había visto. Mientras Martin esperaba a que ocurriera, un hombre con un abrigo verde se acercó a ella.

Martin empezó a andar en dirección a Helen, saludando y sonriendo a aquellas personas a las que conocía, con la atención fija en aquel hombrecillo. Ya se había fijado antes en él, y en el interés que demostraba hacia Helen. Haciendo discretas preguntas había obtenido la información sobre aquel individuo: era Hedley Swayne, dueño de una pequeña pero próspera finca en Cornwall. A pesar de la falta de pruebas, era enteramente posible que él fuera quien había organizado el rapto de Helen. Martin había visto a aquel hombre en numerosas fiestas, pero era la primera vez que cometía la temeridad de acercarse a Helen.

Antes de llegar a su lado, Martin notó que ella estaba nerviosa. El señor Swayne había elegido bien el momento, porque Helen sólo contaba con la compañía de dos o tres caballeros muy jóvenes. Al detenerse para saludar a una amiga de su madre, Martin vio que Helen fruncía el ceño.

—Le aseguro, señor Swayne, que no soy tan débil como para tener que salir a la terraza a descansar nada más terminar un baile —dijo Helen, todo lo pacientemente que pudo.

—Simplemente quería explicarle...

—No deseo escuchar ninguna explicación, señor Swayne —respondió, y apretó los labios para reunir fuerzas y escuchar la siguiente proposición que él iba a hacerle. ¿Por qué no la dejaría en paz?

—¿El señor Hedley Swayne?

Aquel tono lánguido sorprendió al señor Swayne, haciendo que pareciera un conejo asustado. Miró hacia arriba para reconocer al caballero que había a su lado, totalmente agitado. Conteniendo las ganas de reír, Helen se volvió ligeramente, extendiéndole la mano a Martin. Él la tomó y se la colocó en el brazo, pero se limitó a pasarle los ojos por encima antes de clavarlos de nuevo en el perseguidor.

Bajo aquella mirada gris, Hedley Swayne parpadeaba nerviosamente.

—No... no creo que nos hayan presentado, milord.

Martin sonrió con frialdad.

—No, exactamente. Su reputación lo precede. Creo que estuvimos a punto de coincidir hace unas semanas, en Somerset.

Ante el significado que encerraban aquellas palabras, Hedley se quedó boquiabierto, y después pálido.

—Eh... ar...

—Más o menos.

Helen observó la escena, y dedujo que debía de haber sido, después de todo, Hedley Swayne el que había intentado secuestrarla, por su reacción. Entonces, los músicos comenzaron a tocar un vals.

Martin desvió la mirada del individuo y se dirigió a Helen.

—Este baile es mío, según creo, lady Walford. Señor

Swayne —con una simple inclinación de cabeza, Martin condujo a su futura esposa hacia la pista, un poco asombrado de lo posesivo que se sentía—. ¿Te ha estado molestando?

Helen miró hacia arriba y se encontró con que Martin la observaba con el ceño fruncido. ¡Hedley molestando! Se encogió de hombros.

—En realidad, es totalmente inofensivo.

—No tanto como para no haber intentado secuestrarte.

En aquella ocasión, Helen suspiró.

—No hay necesidad de preocuparse por él.

—Te aseguro que no es por él por quien me preocupo.

Ella notó que él la atrapaba con la mirada, y se le cortó la respiración.

—Se lo toma demasiado en serio, milord —susurró ella, apartando la mirada.

Al oír su tono de voz, estuvo tentado de ordenarle que evitara a Hedley Swayne, pero su influencia aún no llegaba tan lejos. Aplacó sus impulsos de asegurarse de que Helen no corriera ningún peligro diciéndose que pronto él podría hacer que no volviera a ver a aquel hombre.

A pesar de que no hubiera expresado su mandato, Helen entendió perfectamente el mensaje. Se sintió descontenta cuando terminó la música, porque la conversación sobre Hedley Swayne la había distraído, y el vals, su último vals de la noche, se había terminado.

Sin embargo, disfrutó del resto de la velada, y cenó al lado del conde de Merton. Había dejado de intentar convencerse a sí misma de que él no tenía intenciones serias; Martin se había encargado de dejar bien claro ante todo el mundo que asistía a las fiestas para bailar con una única mujer. Y ser aquella mujer era lo que más nerviosa la había puesto en su vida.

Era la primera vez que se enamoraba, y la primera vez que ella había sido objeto del amor, pero no podía creerse que todo aquello fuera cierto. Estaba mucho más allá de sus expectativas. Helen Walford no podía tener tanta suerte.

Cuando, aquella noche, se acostó en su cama solitaria, recitó una plegaria silenciosa. Dios quisiera que aquella vez fuera diferente, que aquella vez el destino fuera propicio. Que sus sueños no se convirtieran en nada, y que ella también pudiera disfrutar de una felicidad como la de Dorothea.

Con un estremecimiento, Helen cerró los ojos. Y deseó con todas sus fuerzas que fuera así.

Damian Willesden volvió a la capital al día siguiente. Después de pasar una temporada retirado en el campo, agobiado por las deudas, había abandonado la casa alquilada que compartía con un amigo justo el día de vencimiento del alquiler trimestral y había encaminado sus pasos a Londres. Entró en Manton's Shooting Gallery decidido a encontrar alguna compañía con la que matar el tiempo. En vez de aquello, se encontró a su hermano.

Los anchos hombros, que encajaban a la perfección en una levita de corte impecable, eran inconfundibles. Martin estaba tirando al blanco con sus amigos.

Aparte de informarlo de que Martin había regresado y se estaba ocupando de su herencia, su madre había sido reticente a la hora de darle más información sobre el nuevo conde. Damian había interpretado aquel detalle como otra muestra más de la indiferencia de su madre hacia Martin. Él también se esperaba, incluso más que ella, que su hermano mayor hubiera muerto y el título quedara para él. Sin embargo, la existencia de Martin había sido una impresión muy negativa. Para él, y para sus acreedores.

Y se había llevado otra sorpresa más al pedirle ayuda. La conversación que había tenido con el nuevo conde, a los pocos días de que éste hubiera llegado, lo había convencido de que iba a ver muy poco de las rentas del condado mientras Martin viviera. Él no se acordaba mucho de su hermano, porque entre ellos había diez años de diferencia, y era muy pequeño cuando sus padres lo habían mandado a las colonias. Así pues, pensaba que, después de haber pasado tanto tiempo en lugares atrasados, sería fácil deshacerse de él directamente, pero por el contrario, la entrevista había sido muy incómoda. Verse sometido a la fría mirada de Martin no era algo que quisiera experimentar de nuevo.

Se consoló a sí mismo diciéndose que un hombre con las tendencias de mujeriego de su hermano moriría joven. Sería sólo una cuestión de tiempo.

Sin embargo, al ver cómo disparaba y cómo acertaba exactamente en el centro de la diana, supo que no tenía ninguna posibilidad de que Martin muriera a manos de un marido indignado.

Al volverse hacia Fanshawe y Desborough para dejarles disparar, Martin vio a Damian en la puerta. Damian se acercó a él de mala gana. Martin lo observó críticamente y sonrió, sabiendo que habían pasado un par de días desde el día de pago del alquiler. Notó su actitud petulante, conjugada con esa expectativa de que su familia tenía que sufragar su gandulería. Estaba convencido de que su hermano todavía tenía mucho que madurar, aunque ya tuviera veinticuatro años.

Arqueó las cejas cuando Damian se detuvo frente a él.

—¿Ya has vuelto a las delicias de la ciudad?

—El campo es demasiado tranquilo para mi gusto —sopesó la idea de pedirle un adelanto de su asignación, pero no estaba tan desesperado todavía. Señaló la diana con la cabeza—. Buen disparo. ¿Aprendiste en las colonias?

Martin se rió.

—No. Es una habilidad que ya tenía antes de partir —hizo una pausa, y le sugirió—: ¿Por qué no pruebas?

Durante un instante, Damian dudó, atraído por la posibilidad de unirse a su magnífico hermano y su augusta compañía, pero entonces vio el sello de oro que Martin llevaba en la mano derecha y el resentimiento le nubló el sentido común.

—No. No es mi estilo. Yo no estoy en peligro de indignar a ningún marido.

Dicho esto, y un poco asombrado de su propio atrevimiento, Damian se dio la vuelta rápidamente y se marchó.

Fanshawe, al lado de Martin, comentó:

—Ese muchacho necesita que le enseñen. Tiene una mala educación doble, por haberse marchado así después de una invitación como ésa.

Martin, con los ojos fijos en la espalda de su hermano, respondió distraídamente.

—Me temo —dijo— que los modales de mi hermano dejan bastante que desear. De hecho, están bastante por debajo de lo que debiera esperarse.

Tomó nota mental de que debía hacer algo con respecto a Damian y después se volvió para continuar el juego con sus amigos.

Él la quería.

Aquello resonaba en la cabeza de Helen mientras bailaba en los brazos de Martin en la fiesta de lady Broxford. No tenía ninguna duda. Le latía el corazón con fuerza cuando pensaba en que podría pasar la vida bajo la mirada de Martin. Veía un arco iris al final del camino.

Miró hacia arriba y sintió el calor de su mirada, que la acariciaba.

—¿En qué estás pensando?

Reprimiendo un escalofrío de pura delicia, Helen entrecerró los ojos como si estuviera pensando.

—No sé si contarle lo que pienso sería inteligente, milord. En realidad, los preceptos dicen que debería callarme.

—¿Eh? No puede ser tan escandaloso.

—No es escandaloso. Usted lo es —replicó Helen—. Estoy segura de que está escrito en alguna parte... Quizá en el libro de aprendizaje para jovencitas, bajo el epígrafe de «Cómo tratar con los calaveras». Dice que es de lo más temerario hacer algo que anime a estos individuos.

Él abrió unos ojos como platos.

—¿Y el hecho de saber que tus pensamientos me animarían?

Helen intentó devolverle su mirada penetrante, pero él permaneció impasible.

—Mi querida Helen, sospecho que tu educación ha sido, de alguna forma, limitada. No parece que acabaras ese capítulo, porque no leíste que lo más temerario es estimular el apetito de un calavera.

Ante la promesa desmedida que encerraban aquellas palabras, Helen abrió mucho los ojos. Se sentía como un cordero a punto de ser devorado por el lobo, y sin embargo, la idea le parecía de lo más atractiva. Era evidente que su sentido común había desaparecido. Luchó por recuperarlo.

Martin observó su cara. El vestido que llevaba moldeaba sus curvas y se deslizaba por su cuerpo hasta el suelo. Con aquella tela sensual para distraerla aún más, dudaba que ella pudiera apartar su pensamiento de la dirección lujuriosa que él había señalado. Satisfecho con su estado, desistió de hacerle hablar, y se concentró en la cuestión de ¿cuándo? ¿Cuándo debería pedirle que se casara con él?

Había planeado pedírselo en cuanto estuviera seguro de que ella había superado su aparente nerviosismo por la idea de un segundo matrimonio, y por su experiencia sabía que aquellas dudas habían pasado. Por lo tanto, no había ninguna razón para esperar más. Aquél era el momento.

Sin embargo, aquel salón estaba abarrotado, así que tendría que buscar otro lugar.

La música cesó, y ellos se detuvieron en mitad de la pista. Sin respiración, preguntándose qué sería lo siguiente, lo miró a los ojos. Sus miradas se cruzaron, pero antes de que él pudiera decir nada, lord Peterborough apareció de entre la multitud.

—Aquí estás, Helen. Tengo que prevenirte contra este nuevo hábito tuyo de dejar que este réprobo monopolice tu tiempo. No está bien, querida.

—Gerry, ¿cuánto tiempo hace que nadie te dice que hablas demasiado? —Martin liberó a Helen para que pudiera saludar a su viejo amigo.

Peterborough lanzó una mirada al rostro radiante de Helen.

—Pues no parece que tenga mucho efecto en este caso —después se dirigió a ella—. Aparte de otros muchos peligros, estoy seguro de que te ha pisado bailando. Ha estado en las colonias demasiado tiempo. Ven a bailar un vals con alguien que sabe cómo hacerlo.

Con una reverencia, le ofreció su brazo a Helen, y ella, riéndose, aceptó. Le dedicó una sonrisa a Martin y se fue a bailar de nuevo.

Ya solo, Martin anduvo deambulando por las salas, buscando un lugar adecuado para declararse.

Helen estaba contenta de poder bailar con sus amigos para recuperar el sentido común y calmar los latidos de su corazón. Había vivido la impaciencia de la declaración de Martin durante toda la semana anterior; y en aquel momento, tenía un presentimiento muy agudo. Se rió y sonrió, balanceándose en el borde de la mayor felicidad que hubiera experimentado en toda su vida.

Después de Peterborough, bailó con Alvanley y después con Hazelmere, cedido por una radiante Dorothea. Más tarde observó que la anciana señora Berry estaba sola en un sofá, y se sentó a su lado para responderle a todas las preguntas que tuviera que hacer, ya que la dama se había quedado algo sorda, y parecía que se estaba perdiendo algunas cosas.

Desde el otro lado del salón, Damian Willesden la

estaba observando. Había ido al baile sin invitación, sabiendo que ninguna anfitriona lo echaría a la calle en su puerta. Y había ido por la enhorabuena que su amigo Percy Witherspoon le había dejado caer por la inminente boda de su hermano.

No había querido creerlo, pero después de lo que había visto, era innegable. Miró a lady Walford; el desastre se cernía sobre él. Había estado completamente convencido de que heredaría finalmente el condado de Merton y toda su riqueza, seguro de que Martin no cambiaría su existencia de mujeriego por la de un marido en un matrimonio aburrido. Así que había pedido dinero prestado hasta que ya no sabía lo que debía. Damian tragó saliva. Era un misterio que todos sus acreedores no le estuvieran dando caza ya.

No. Todavía no. Esperarían a que él ya no fuera el heredero de Martin para hacer un movimiento. Incluso entonces, empezarían lentamente, con la esperanza de que sería capaz de persuadir a su hermano para que lo rescatara del río Tick. Pero cuando averiguaran que Martin no tenía ninguna intención de hacerlo... Damian no quiso llegar a imaginar el final.

Pensó en cómo escapar de su destino. Siempre fértil en lo relativo al engaño, su cerebro se apresuró a identificar el objeto de su incomodidad. Era muy simple. Sólo tendría que hacer lo que pudiera para evitar aquel matrimonio.

Cuando Helen hubo contestado a todas las preguntas de la señora Berry, se levantó, dejando contenta a la anciana, y buscó la cabeza morena de Martin entre la gente. Sabiendo que él la buscaría con los Hazelmere y los Fanswahe, con los que había acudido al baile, se encaminó en dirección a la silla donde había visto por última vez a Dorothea.

Había dado unos cuantos pasos cuando notó que alguien la tomaba por el brazo.

—¿Lady Walford?

Helen se volvió y vio a un joven. Tenía los ojos azul muy claro, y había en él algo vagamente familiar, aunque sabía que no lo conocía.

—¿Señor?

Damian sonrió.

—Soy Damian Willesden, el hermano de Martin.

—Oh —Helen le devolvió la sonrisa—. ¿Qué tal está? ¿Sabe Martin que usted está aquí?

Damian le hizo una reverencia.

—No lo he visto todavía. ¿Está aquí? —preguntó interesado. Sabía que era muy importante que no hubiera ningún síntoma del distanciamiento entre él y Martin.

—Lo he visto al principio del baile. Estoy segura de que todavía está por ahí, en algún sitio, pero es un poco difícil encontrar a nadie en esta muchedumbre.

Damian aprovechó aquel comentario rápidamente.

—Quizá deberíamos entrar en aquella sala —le sugirió—. Tengo mucha curiosidad por cómo le ha ido a Martin al reencontrarse con todo.

Helen aceptó el brazo que él le ofrecía, preguntándose por qué no le hacía aquellas preguntas directamente a su hermano.

—Acabo de volver del campo y todavía no he tenido oportunidad de hablar con Martin. Pero... he oído ciertos rumores que relacionaban el nombre de mi hermano con el de cierta dama...

Helen se ruborizó.

—Señor Willesden, tengo que decirle que ese rumor es insustancial, y que sería inteligente por su parte confirmarlo, antes de sacar ninguna conclusión.

Damian puso el semblante muy serio.

—Aprecio sus sentimientos, lady Walford, y si el caso fuera fácil yo compartiría sus reservas. Sin embargo —hizo una pausa, frunciendo el ceño—, tengo cierto aprecio por Martin, y sentiría verlo en dificultades una vez más.

—¿Dificultades? —Helen estaba completamente perdida. ¿A qué dificultades se refería el hermano de Martin? ¿Y por qué se lo estaba contando a ella?—. Señor, me temo que tendrá que ser más claro, porque no lo entiendo.

—Como sin duda sabe, Martin ha vuelto de las colonias para hacerse cargo de su herencia. Naturalmente, la riqueza que él posee ahora deriva por completo del condado de Merton. Y, debido a la mala gestión en el pasado, las propiedades se mantienen a flote gracias al dinero de mi madre.

Hizo una pausa para permitir que Helen asimilara el significado de todo aquello, y agradeció la incompetencia de su hermano George. Gracias a él, iba a tener el motivo perfecto para apartar a lady Walford de Martin. ¿Qué mujer se casaría con un hombre que dependía de su madre? Y de una madre hostil, además. Y, una vez que lady Walford se hubiera retirado de aquella relación tan bien conocida por todos, las demás señoras que pudieran estar interesadas se retirarían también.

—Por desgracia —continuó él—, Martin y la condesa viuda nunca se han llevado bien. Mi madre, lógicamente, espera que Martin se case siguiendo sus dictados. De lo contrario, retirará los fondos y el condado se derrumbará. Martin será un indigente, poco más o menos, incapaz de sufragarse el estilo de vida al que está acostumbrado, el estilo de vida que se espera del conde de Merton.

Y perdería todas las oportunidades de reformar su casa. Helen recordó la cara de Martin, encendida de entusiasmo al describirle el Hermitage y contarle cómo sería una vez que hubiera terminado la reforma. Sería como cuando vivía su padre, le había dicho. Durante las últimas semanas, había oído más de sus sueños, y se había dado cuenta de lo importantes que eran para él. Eran como un puente que lo uniría con su padre muerto. La destrucción de aquellos sueños sería un golpe terrible y cruel que él sufriría si se casaba en contra de los deseos de su madre.

Si se casaba con ella.

Nadie mejor que ella sabía que pocas madres aprobarían que un hijo se casara con la viuda de un expulsado de la clase alta, de un réprobo que había traspasado la línea y que después se había quitado la vida. Sabía que ella no era adecuada.

Nunca se le había ocurrido cuestionar el derecho de Martin a elegir a su propia esposa. Le había parecido que tenía el control de su vida, y nunca le había dado la impresión de que estuviera bajo el dominio de otro. Sin embargo, lo que le había dicho su hermano parecía verdad.

Sintió un vacío y el frío sabor de la desesperación en la garganta. No oía el ruido que había alrededor de ella.

—Gracias por decírmelo —aquella voz no parecía la suya, era fría y distante, como si estuviera hablando desde muy lejos—. Puede estar seguro de que no haré nada para animar a Martin para que destroce su futuro.

Parecía que se le iba a romper la voz. No podía hablar más. Se despidió con una inclinación de cabeza y se dio la vuelta, andando entre la multitud, sin darse cuenta de las extrañas miradas que le dirigía la gente.

Cuando encontró a Dorothea, había conseguido recuperar la compostura. Si aparecía ante Hazelmere o su esposa con aquella cara, no podría librarse de dar explicaciones. Sin embargo, con sólo pensar en Martin, en su esperanza de felicidad, que ahora se había hundido, casi se le escapaban las lágrimas. Decididamente, apartó de su mente aquel dolor y se obligó a actuar con normalidad.

—¿Ocurre algo? —le preguntó Dorothea en cuanto la vio.

Helen sonrió débilmente.

—Sólo es una jaqueca, sin duda por el ruido —respondió, y se dejó caer en una silla al lado de su amiga.

—Bueno —dijo Dorothea—. Yo había pensado en marcharme pronto, así que podemos irnos juntas.

—Sí, eso será lo mejor —dijo Helen, después de un segundo de duda.

Martin esperaría verla de nuevo, pero si se escapaba con Dorothea, alegando un dolor de cabeza, él no se preocuparía. Podría visitarla al día siguiente en su casa, y allí, ella tendría que explicarse. Pero para entonces, se habría tranquilizado lo suficiente como para hacerle frente. Porque para Helen había una cosa que estaba completamente clara: no podía casarse con Martin Willesden. No podía enfrentarse con la perspectiva de la pérdida de sus sueños. Su interés en ella era real, aquello no lo dudaba. No tenía ninguna inclinación hacia cualquier otra mujer de su círculo. Si ella estaba fuera de su alcance, entonces le permitiría a su madre encontrarle una novia, y así podría lograr su ambición.

Helen reprimió un sollozo y esbozó una sonrisa forzada. Se quedaría sentada con Dorothea hasta que llegara la hora de irse.

Por desgracia para sus bienintencionados planes, Martin apareció a su lado unos minutos después. A Helen le dio un salto el corazón al verlo. No pudo evitar sonreírle. Sin embargo, él notó al instante que aquélla era una sonrisa temblorosa. Le tomó la mano para que se levantara y se inclinó para preguntarle:

—¿Qué ocurre?

Con una calma que Helen no sentía, repitió la historia del dolor de cabeza.

Martin frunció el ceño al sentir los empujones de toda la gente que los rodeaba.

—No me extraña. Ven a dar un paseo. Te vendrá bien un poco de aire fresco.

Antes de que tuviera tiempo de protestar, aunque en realidad, tampoco habría servido de mucho, Helen se encontró caminando por un pasillo sospechosamente vacío al lado de Martin. El corazón empezó a latirle muy rápido.

Sus sospechas se vieron confirmadas cuando llegaron a una puerta, al final del pasillo, y Martin la abrió. Había un pequeño jardín privado, completamente vacío.

Él condujo a Helen hacia un banco de hierro entre plantas de tomillo e hizo que se sentara a su lado. Ella se volvió para mirarlo. La luz de la luna le plateaba los rasgos. Tenía los ojos verdes muy abiertos, y los labios ligeramente separados. Como le parecía que era lo mejor que podía hacer, y además hacía mucho tiempo que Martin había dejado de contenerse a la hora de hacer lo que quería hacer, la atrajo hacia sí y la besó.

Helen intentó de veras mantenerse firme contra

aquel beso, contra la invitación de derretirse entre sus brazos. Había estado reuniendo fuerzas para hablar e impedir una declaración. Sin embargo, fue imposible, y se rindió ante lo inevitable. Se dejó besar, y notó que él la abrazaba firmemente.

Era escandaloso estar allí sentada, besándose con un hombre con el que no iba a casarse. Especialmente, si el beso era como aquél. El roce de sus labios era pura alegría. Ella le colocó las manos en los hombros y disfrutó de las deliciosas sensaciones que se despertaban en ella.

Tendría que hablar más tarde con él. Era improbable que aquello fuera a terminar muy rápido, y mientras él estuviera ocupado de aquel modo, no se declararía. Además, quizá ni siquiera fuera a declararse, quizá sólo estuviera permitiéndose un pequeño coqueteo para cautivarla. Mientras la presión de los labios de Martin se intensificaba, Helen dejó de intentar pensar.

Cuando, finalmente, él levantó la cabeza, la miró a los ojos, muy abiertos, ligeramente confundidos. Ella no podía hablar, y, si la experiencia no le engañaba, probablemente tendría problemas a la hora de pensar con claridad. Sonrió. En realidad, aquello no importaba. No necesitaba pensar para responderle a aquella pregunta.

—¿Te casarás conmigo, querida?

Helen recuperó el sentido común en un instante. Luchó para pronunciar las palabras correctas, pero no pudo. Cuando vio aquellos ojos grises entrecerrarse y mirarla fijamente, tragó saliva.

—No.

Fue un sonido tan débil, que Martin pensó que había oído mal. Pero la expresión de sus ojos, el dolor sin palabras, lo convencieron de que no se había confundido. Cuando ella le retiró las manos de los hombros, él sonrió e intentó aligerar su problema, confiando en que podría averiguar cuál era.

—Mi querida Helen, tengo que decirte que no es apropiado besar a un hombre y después rehusar su proposición de matrimonio.

Ella agachó la cabeza.

—Lo sé.

Helen se retorció las manos en el regazo, algo que no había hecho nunca en su vida.

—En realidad, milord, me siento muy honrada por su proposición, pero... —cielos, no sabía qué decir—. No había pensado en volver a casarme.

—Bueno, pues intenta pensarlo de nuevo —Martin luchó para que su voz no sonara enfadada. Él no había esperado que su entrevista transcurriera de aquella forma. De hecho, todo aquello era muy extraño. ¿Qué habría ocurrido?

—Milord, debo hacer que entienda...

—No. Soy yo quien debe explicarte algo. Yo te quiero, y tú me quieres, Helen. ¿Qué otra cosa tiene importancia?

Helen tragó saliva y lo miró.

—Milord, sabe tan bien como yo que hay otras cosas importantes.

Martin se quedó rígido al oír aquello, pero de repente recordó que era inmensamente rico. Debía de estar refiriéndose a su pasado, pero él ya le había explicado aquello. ¿Acaso ella no lo había creído?

—Creo, querida mía, que tienes que ser más específica. No te entiendo.

Helen estaba perdiendo el coraje. ¿Cómo iba a decirle a un hombre orgulloso y arrogante que sabía que vivía de su madre? Con una vocecita muy baja, le dijo:

—Estaba pensando en qué diría su madre.

La reacción fue exactamente como ella había esperado.

—¿Mi madre? —exclamó Martin, estupefacto—. ¿Y qué demonios tiene que ver mi madre en todo esto? —se le habían olvidado los planes de su madre. ¿Habrían podido llegar noticias de sus maquinaciones a la ciudad?—. Yo me casaré con quien me plazca. Mi madre no tiene nada que decir al respecto —la idea de que Helen pensara que él era el tipo de hombre que permitía que los demás se inmiscuyeran en sus asuntos lo irritaba.

Cuando terminó de hablar, Helen estaba alterada y nerviosa. No podía pensar. Por supuesto que él lo negaba. ¿Qué otra cosa podía hacer ella? ¿Cómo podía suavizar las cosas y hacer que la entendiera?

Martin notó su agitación, e inmediatamente intentó tranquilizarla.

—Helen, querida, yo te quiero. Aunque todo mi condado estuviera en juego, querría casarme contigo.

Se lo dijo con sencillez, con el corazón en la mano. No estaba preparado para su reacción. Ella apartó la mirada y se quedó sin respiración. Entonces le temblaron los labios y se le cayeron las lágrimas.

—¡Oh, Martin!

Las palabras salieron con un sollozo.

Helen agachó la cabeza de nuevo. Nunca había querido tanto a nadie como lo quería a él, y no podía permitir que hiciera aquel sacrificio por ella.

Cada vez más preocupado y confuso, Martin observó la cabeza agachada de Helen y le tomó una mano del regazo.

De repente, se abrió la puerta de la casa.

—Por aquí, querida mía.

Helen dio un respingo. Se hubiera levantado, pero Martin la detuvo. Se movió ligeramente para que su cuerpo la protegiera de las miradas de los intrusos. Al ver que los dos invitados salían al jardín, Martin se levantó y ayudó a Helen a hacerlo también.

—¡Oh! —exclamó Hedley Swayne—. ¡Dios mío! No nos habíamos dado cuenta de que esta parte estaba ocupada.

Martin arqueó una ceja, y observó a la joven que iba temblando del brazo del señor Swayne.

—No importa, estaba a punto de acompañar a lady Walford adentro.

Le ofreció el brazo a Helen, y ella lo aceptó, intentando parecer tranquila.

—Oh, lady Walford —dijo la jovencita, nerviosamente—. ¿Le importaría que entrara con usted? —y, sin esperar a una respuesta afirmativa, la chica se volvió hacia Hedley Swayne—. Realmente, no me apetece ver los jardines ahora, señor Swayne.

Le hizo una reverencia y corrió al lado de Helen. Tragándose su frustración, Martin se vio obligado a acompañar a Helen y a su inesperada acompañante de vuelta al salón. Bajo la luz de los candelabros, Martin se dio cuenta de lo afectada que estaba Helen. Él mismo se sentía como si el mundo se hubiera detenido, obligado a esperar una oportunidad mejor para hablar con ella en privado. La dejó con Dorothea, levantándole la mano para besarla, y murmuró:

—Te visitaré mañana —dijo, antes de marcharse.

Dorothea le echó un vistazo a la cara de Helen y, sin ningún comentario, avisó para que llevaran su carruaje a la puerta.

Helen no pudo conciliar el sueño hasta la madrugada. Tenía los párpados hinchados, pero finalmente había conseguido tomar todas las decisiones que tenía que tomar. No tenía ninguna esperanza de explicarle las cosas a Martin, porque no aceptaría su negativa. No le quedaba más remedio que evitarlo, dejar claro que su amistad había terminado. Causaría rumores, pero nada serio. La gente se preguntaría en qué estaba pensando ella, pero había demasiadas mujeres esperando para llamar su atención como para que los murmuradores se entretuvieran en sus caprichos durante demasiado tiempo.

Tendría que abandonarlo, aunque se le partiera el corazón en dos. Tendría que vivir con ello para siempre. A él le haría daño su retirada, y más aún su falta de explicaciones, pero si ella intentaba dárselas, él no aceptaría su negativa. No sabía adónde podría llegar aquel hombre con tal de conseguir sus objetivos. No. Sólo había un camino.

Mientras hundía la mejilla en la almohada, suspiró. Debería haber imaginado cómo terminaría todo aquello. Una felicidad de aquel tipo no era para ella. Nunca lo sería.

Estaba más allá de su alcance.

—¿Qué te apetece tomar?
—Si la memoria no me falla —dijo Hazelmere mientras se sentaba en una butaca de cuero de la biblioteca de Martin—, tu padre tenía un buen vino de Madeira.
—No te falla. George no tenía el buen gusto como para apreciarlo. Me parece que quedan tres barriles llenos en el sótano.

Sirvió dos copas y le dio una a su invitado, antes de sentarse en la butaca de al lado. Ambos se quedaron en silencio. Hazelmere sabía que Martin lo había invitado con algún propósito, así que esperó a que su amigo confiara en él. Martin, sabiendo que su amigo lo comprendía, no tenía prisa por hacerlo.

El asunto era delicado. Había visitado a Helen la mañana del día siguiente de su primera declaración, hacía ya dos noches. No había conseguido, después de reflexionar mucho, saber el motivo de su negativa. Sin embargo, había ido a su pequeña casa de Half Moon Street, confiado en que podría salvar cualquier obstáculo. Entonces se dio cuenta de que el problema, fuera cual fuera, era grave.

Ella se había negado a recibirlo, y había enviado a su doncella a contarle una historia sobre una indisposición. Por primera vez en su vida, se sentía sobrepasado. ¿Por qué?

Tenía que haber una razón. Helen no era ninguna cabeza hueca. Finalmente, había llegado a la conclusión de que había algo oculto en su pasado que su declaración había hecho salir a la superficie.

Y la única persona que sabía lo suficiente del pasado de Helen como para ser útil estaba sentada a su lado, con una mirada engañosamente perezosa en los ojos.

Martin hizo una mueca.

—Es acerca de Helen Walford.

—¿Oh? —Hazelmere le miró con sus ojos agudos llenos de reserva.

—Sí —respondió Martin, haciendo caso omiso—. Quiero casarme con ella.

Los rasgos de su amigo se relajaron y reflejaron alegría.

—Enhorabuena —Hazelmere levantó su copa a modo de brindis.

—Me temo que tu felicitación es prematura. No me ha aceptado —Martin soltó aquellas palabras y le dio un trago a su coñac.

Hazelmere lo miró con asombro.

—¿Por qué demonios no?

—Eso es lo que quiero que me expliques —Martin se apoyó en el respaldo de su butaca y observó a su amigo con atención.

—A ella le gustas, lo sé.

—Y yo también. No es eso.

—¿Qué es, entonces?

—Cuando le dije lo mucho que la quería, casi se puso a llorar.

Hazelmere no entendía nada. Frunció aún más el ceño, y dijo:

—Eso no es buena señal. Helen nunca llora. Sería más probable que discutiera, pero no que llorara.

—Pues sí. Me pregunto si habrá algo en su anterior matrimonio que pueda explicarlo.

Hazelmere arqueó las cejas. Reflexionó sobre aquel punto, haciendo girar la copa de coñac entre sus largos dedos. Entonces, de repente, miró a Martin.

—Como parece que estás decidido a casarte con ella, y eso, aunque ella no lo sepa, significa que será la próxima condesa de Merton, te diré lo que sé. Pero te advierto que no es mucho.

Martin esperó pacientemente a que su amigo ordenara las ideas y se reconfortara con el licor.

—Supongo que lo mejor es empezar por el principio. Los padres de Helen la presentaron en sociedad a los dieciséis años, en mi opinión, un error. Ella todavía era una niña, pero sus padres ya tenían su vida arreglada. Habían acordado un matrimonio con el hijo de un viejo amigo, lord Alfred Walford. ¿Tú conocías al hijo, Arthur Walford?

—Nos vimos una o dos veces antes de que yo saliera para las Indias. No era exactamente la clase de hombre que unos padres cuidadosos elegirían para una adolescente guapa y rica.

Una sonrisa encendió la cara de Hazelmere.

—Ah, pero tú no conocías a Helen entonces. Sé que es difícil de creer, viéndola ahora, pero a los dieciséis años era un marimacho, y además, terriblemente esquelética. Pero de todas formas, la cosa no habría sido diferente aunque ella hubiera sido la reencarnación de Cleopatra. El matrimonio había sido convenido hacía muchos años. Los padres de Helen querían casarla con una de las familias más antiguas del país, y aunque mucha gente quiso disuadirlos, entre ellos, mis padres, estaban completamente decididos. El viejo Walford también quería el matrimonio, por la dote de Helen, y Arthur, por la misma razón. Así que Helen se había casado con Arthur al cabo de un mes de su presentación.

—¿Un mes? —repitió Martin, incrédulo.

—Exactamente. Los recién casados vivieron en Walford Hall durante un mes. Después, Arthur reapareció en la ciudad. Helen se quedó en Oxfordshire. La situación continuó así, aparentemente sin cambios, durante casi tres años. Durante ese tiempo, todos los actores mayores del drama murieron: lord Alfred Walford y los padres de Helen. La hora de la verdad llegó cuando Walford liquidó todo su patrimonio y el de Helen. Sólo quedó Walford Hall. Él volvió allí, no para quedarse a vivir, sino para ver qué podría sacar de la casa. Para entonces, Helen tenía diecinueve años. Todavía no era tan alta como ahora, pero había mejorado considerablemente.

Hazelmere hizo una pausa, estudiando el contenido de su copa.

—Todavía no sé lo que ocurrió, pero el resultado de todo ello fue que Walford golpeó a Helen, durante una discusión, según ella. Por su parte, ella le rompió una tetera en la cabeza y se marchó. Vino a mi casa. Ella ha crecido con mi hermana Allison, y siempre la hemos considerado una más de la familia. La envié a mi finca de Cumbria, bien apartada del camino de Walford, por si acaso intentaba encontrarla. La historia de lo que le había hecho a Helen se hizo pública, y como resultado, Walford fue expulsado del círculo social y se arruinó. Se quitó la vida, antes que tener que entrar en la cárcel de Newgate.

Hazelmere hizo una pausa, reflexionando sobre el pasado, y después se encogió de hombros.

—Más tarde, muchos de los que le habían ganado propiedades a Walford donaron dinero para reunir un fondo para Helen. Yo se lo gestiono. Da para pagar la renta de su casa en Half Moon Street, y para que lleve su estilo de vida actual. Y poco más. No se salvó ni una de sus fincas.

Martin frunció el ceño. Después, eligiendo cuidadosamente las palabras, preguntó:

—¿Hay algo que sepas de ella que te haga suponer que Helen siente alguna aversión por el aspecto físico del matrimonio?

Hazelmere apretó los labios. Con los ojos en la copa, sacudió la cabeza.

—No podría decirlo con seguridad, pero... no me sorprendería mucho. Ya sabes cómo era Walford.

Lentamente, Martin asintió.

—¿Podría haberle causado algún daño, hacer que ella encuentre difícil pensar en el matrimonio de nuevo?

Hazelmere se encogió de hombros.

—Sólo Helen puede decirlo, pero... no me parece improbable.

La expresión de Martin se relajó un poco. Entrecerró los ojos como si estuviera pensando algo.

—¿Qué se te ha ocurrido? —le preguntó su amigo.

La respuesta fue una sonrisa perversa.

—Estaba pensando... ¿Quién mejor que yo para curar esa enfermedad? Soy el candidato perfecto para convencer a Helen Walford de las bondades del matrimonio. Si, con mi extensa experiencia, no supero ese obstáculo, es que no merezco a la dama.

Durante un momento, los ojos marrones de Hazelmere permanecieron serios, mientras él sopesaba lo que era, después de todo, la amenaza de un escándalo hacia una mujer que estaba bajo su protección. Pero, si lo pensaba bien, la felicidad de Helen estaba en juego, y él confiaba en Martin Willesden como si fuera su hermano. No le haría ningún daño a Helen. Lentamente, sonrió e inclinó la cabeza para demostrar que aprobaba las intenciones de Martin.

—Ni un calavera lo habría pensado mejor.

Helen se arregló la falda del vestido y esperó a que Martin se sentara a su lado en el coche. Después se pusieron en marcha.

Era curioso, reflexionó, que hubieran sido capaces de seguir juntos de aquel modo después del doloroso momento de la declaración de Martin, una semana antes. Él le había pedido un vals en el baile de los Havelock, y Helen había comprobado que su comportamiento no se había alterado en absoluto; Martin se había comportado apropiadamente en todo momento. Se había limitado a susurrarle:

—Confía en mí. Tan sólo relájate, no hay nada de lo que preocuparse.

Parecía que él entendía la situación y había aceptado que, dadas sus circunstancias, no podían casarse. Y, siendo un caballero como era, estaba decidido a ocultarle su situación a la gente. Sólo tenía que seguir sus pasos y actuar como si no se hubiese producido ninguna ruptura entre ellos, y a medida que pasara el tiempo, podrían ir separándose sin llamar la atención de los murmuradores.

Mientras paseaban por el parque lentamente, saludando a los conocidos desde el coche, se encontraron con Ferdie Acheson-Smythe, el primo de Hazelmere, que se acercó a hablar con Helen. Ella lo conocía desde siempre, y ambos se tenían mucho cariño.

—Ya sé que esto se ha convertido en un hábito —le dijo su amigo, frunciendo el ceño—, pero, ¿realmente crees que es inteligente?

—No te preocupes —le dijo, en voz muy baja, sonriendo ante su preocupación fraternal—. Estoy perfectamente segura.

Ferdie arqueó una ceja con la mirada fija en el perfil de Martin.

—Eso es lo que yo pensaba de Dorothea y mira. La cuestión es que los vividores nunca cambian. Son peligrosos en todas las circunstancias.

Helen se rió.

—Te aseguro que éste está domesticado.

Ferdie no añadió nada más. Le hizo una elegante reverencia y se dio la vuelta, lanzándole a Helen una mirada de advertencia.

Martin lo vio, y cuando Ferdie se había alejado, le preguntó a Helen:

—Dime, bella Juno, ¿todavía se me considera «peligroso» a pesar de mi comportamiento ejemplar de los últimos tiempos?

—Creo, milord, que hay algunos que piensan que su «comportamiento ejemplar» puede ser como el de un lobo con piel de oveja.

Martin dejó escapar un suspiro.

—Y yo que pensaba que nadie se daría cuenta.

Helen abrió mucho los ojos. No supo discernir si le estaba advirtiendo que Ferdie tenía razón, o si simplemente estaba bromeando para aligerar la conversación. Con inseguridad, Helen estuvo pensándolo durante el cuarto de hora en el que estuvieron haciendo el circuito social por el parque. Cuando estuvieron solos, Martin la sacó de sus pensamientos.

—Todavía no he decidido por completo los muebles que voy a poner en la sala.

—¿No? —Helen había hablado con él sobre la decoración de su casa de Londres, ya casi terminada, en muchas ocasiones. Él solía pedirle su opinión con frecuencia.

—Me gustaría que me dieras tu opinión, en concreto, sobre uno de los muebles. ¿Te importaría concederme unos momentos de tu tiempo, querida?

Helen se tragó la respuesta de que eso debería preguntárselo a su prometida y sonrió. No tenía ninguna intención de mencionar el tema del matrimonio.

—Podría concederle unos minutos.

Martin inclinó la cabeza cortésmente para agradecérselo y dirigió el coche hacia las puertas del parque. Estaban de camino hacia la casa, cuando Helen le preguntó:

—¿Qué mueble es?

—Un sofá.

Al poco tiempo, Martin detuvo los caballos ante

una imponente mansión en Grosvenor Square, para sorpresa de Helen. Se volvió y le sonrió.

—Es aquí.

Se bajó del coche y le dio las riendas a Joshua, que había ido a recibirlos desde la parte de atrás. Después rodeó el coche para ayudar a bajar a Helen.

El mayordomo les abrió la puerta con una reverencia.

—Milord —dijo, y después se volvió hacia ella—. Milady —y se acercó a tomar su abrigo. Insegura, Helen miró a Martin. Él asintió, y entonces ella le entregó su abrigo al mayordomo.

—Vamos a la habitación que está al final del vestíbulo.

Al acercarse a la puerta de la habitación, Helen vio una luz extraña que procedía del interior. Parecía como si las cortinas estuvieran echadas y el fuego de la chimenea encendido. Asombrada, Helen traspasó el umbral y entró.

—Que nadie nos moleste, Hillthorpe.

A Helen se le quedó la exclamación de asombro en la garganta. Acababa de confirmar su sospecha. Aquello era la prueba de que, en el caso de Martin Willesden, vividor declarado, Ferdie tenía razón. Las cortinas de terciopelo estaban echadas, el fuego devoraba los troncos con voracidad en la chimenea y había un cubo de hielo con una botella de vino descorchada en una de las mesitas. Automáticamente, Helen buscó con la mirada el sofá que habían ido a ver. Al principio, no lo vio. Después se le abrieron unos ojos como platos, al fijarse en que el enorme mueble que había frente al fuego era una cama de día.

Huir fue su primer pensamiento. ¿Cómo? Martin estaba tras ella. Si se volvía e intentaba salir, él le cortaría el paso.

Respiró hondo y dio unos pasos hacia atrás, pero él la tomó por la cintura y la metió de nuevo en la habitación.

—¡Martin! —Helen se volvió para encararlo y vio cómo cerraba la puerta con llave. Sólo se sintió algo aliviada al ver que dejaba la llave puesta en la cerradura. Era de él de quien tendría que escapar. Al fin y al cabo, escapar de la habitación sería un juego de niños. En busca de defensas, tomó refugio en la indignación. Se irguió todo lo que pudo, pero desafortunadamente, aquello no era suficiente para intimidar al réprobo que tenía delante. Lo miró fijamente y rogó para que no la traicionara la voz—. ¡Me has engañado!

—Eso me temo —dijo Martin, sonriendo. Su mirada ardiente descansaba, atenta, en el rostro de Helen. Lentamente, se acercó a ella.

No parecía arrepentido en absoluto.

Helen intentó controlar su nerviosismo y dejó que su enfado se intensificara.

—Tu comportamiento de esta semana era una actuación, ¿verdad? —intentó decir, pero para su horror, la voz le salió tan aguda como un grito. ¿Qué se propondría aquel hombre?

Martin se detuvo exactamente delante de ella.

—Me has desenmascarado —con los ojos brillantes, extendió las manos en un gesto suplicante—. ¿Qué podría decir para defenderme?

Completamente absorta en su mirada, Helen intentó poner a funcionar el cerebro para hilar una frase.

Suave, confiadamente, Martin alargó la mano y le soltó el moño, dejando que el pelo le cayera por los hombros y la espalda. Helen dejó escapar un gritito y se llevó instintivamente las manos a la cabeza para intentar detener la cascada. Pero él se las tomó entre las suyas. Tenía los ojos brillantes.

—No sabes cuántas veces he pensado en hacer esto.

Entonces le soltó las manos y le acarició los rizos rubios. Después le tomó la cara e hizo que lo mirara a los ojos.

Demasiado tarde, el instinto de conservación hizo que Helen volviera a la realidad. Le puso las manos a Martin en el pecho.

—Milord, ¡Martin! —se corrigió—. Esto es escandaloso, o peor. Si quieres remediar tu comportamiento, tu engaño, acompáñame al coche ahora mismo.

Intentó que la voz le sonara firme, pero su tono fue débil y tembloroso. La sonrisa de Martin era cada vez más amplia. La tomó por la cintura y la abrazó firmemente.

—Tengo una idea mucho mejor para reparar mis pecados.

Entonces la besó, y continuó besándola hasta que cualquier vestigio de resistencia hubo desaparecido. Invadida por un dulce deseo que nunca había experimentado, Helen se rindió ante la lucha. Notó que la abrazaba más fuerte y le pasaba las manos por la espalda para adaptarla a su cuerpo.

Entonces, la parte racional de Helen luchó contra la insidiosa invitación de su beso, contra la tentación de perder la cabeza y sumergirse en un mar de sensaciones, intentando conservar el sentido común.

Martin levantó la cabeza para mirarla con los ojos muy brillantes.

—Relájate —le susurró, rozándole la frente con los labios—. No te preocupes, vamos a hacerlo muy despacio.

Entonces volvió a besarla.

Helen sabía que Martin había preparado todo aquello para comprometerla más allá de toda duda, para obligarla a aceptar su proposición de matrimonio. Pero ella estaba decidida a permitirle que llevara a cabo su sueño, y nada, ni siquiera él mismo, podría hacer que cambiara de opinión.

Sin embargo, tuvo que admitir, al sentir cómo le desabrochaba los botones del vestido suavemente, que no habría manera de escapar de aquel maestro de la seducción. Lo que él tenía en mente era innegablemente escandaloso, pero para ella, demasiado atractivo. Si seguía lo que le dictaba su corazón, tendría que dejarse llevar y relajarse, tal y como él le había pedido.

Nunca había experimentado un momento como aquél. Aquélla era su única oportunidad de saber lo que se sentía envuelta en la felicidad y el amor. Martin le acarició los hombros para bajarle el vestido, y ella, con un suave suspiro, dejó que las mangas se le deslizaran por los brazos. Mirándolo con timidez, le abrazó el cuello, aceptando tácitamente lo que estaba por llegar.

Martin respiró hondo y luchó por controlar su deseo. Sabía que tenía que seducirla lentamente, con ternura, como si fuera una virgen tímida y nerviosa. Se dedicó a la tarea con devoción, y pronto, Helen se vio perdida en un remolino de placer. Martin le llenó la mente y le abrumó los sentidos. Tomó las riendas por completo.

Ella supo, en aquel momento, que él iba a enfadarse mucho, cuando, confiado en que estuviera completamente convencida después de hacer el amor, le pidiera que se casara con él. Ella lo rechazaría de nuevo, y él no iba a estar muy interesado en las razones. Debía tenerlo en cuenta. Pero, en aquel momento, se concentró en los besos y las caricias del hombre que la tenía entre sus brazos.

—Cierra los ojos.

Helen notó que él estaba a punto de desvestirse, y quería observarlo.

—Pero...

—Nada de peros —dijo él, con la voz más grave de lo normal—. Haz lo que te pido. Túmbate, relájate, y todo será maravilloso.

La tierna persuasión de su tono de voz tuvo el efecto que él deseaba. Helen se tumbó, sintiendo en su piel el calor del fuego y la suavidad del satén y de la seda de las sábanas. Sus labios se curvaron ligeramente al pensar en lo escandaloso del gusto de Martin en cuanto al mobiliario. Abrió los ojos un poco, y una espalda musculosa llenó su visión. Lo miró todo cuanto pudo, hasta que él se dio la vuelta y ella volvió a cerrar los ojos inocentemente.

—Buena chica —murmuró él. No encontraba en su expresión ni rastro de pánico. Se acercó a ella y la besó con todo cuidado, atento por si acaso percibía algún síntoma de retirada, o de que la estuviera presionando.

Después retiró los labios de su boca y se concentró en el resto de su cuerpo, susurrándole palabras para reconfortarla y darle seguridad. Ella no podía concentrarse en su significado, y se dejó llevar por aquel ronroneo sensual. Hubiera deseado que dejara de hablar y satisficiera sus necesidades. Casi le dolían las manos de la necesidad de acariciarlo y, finalmente, impulsada por el deseo, intentó extenderlas por su espalda. Martin se las tomó y se las colocó por encima de la cabeza.

—Todavía no, cariño. No apresuremos las cosas.

«¿Por qué no?», se preguntó ella. Se sentía como si

quisiera devorarlo, y todo lo que él le decía era «todavía no». Notaba que le ardía el cuerpo, y sólo quería quemarse más y más.

—Martin...

—Shhh —él la acalló con un beso—. Confía en mí. Vas a disfrutar. Esta vez será diferente, te lo prometo.

Helen se quedó extrañada. Por supuesto que aquella vez sería diferente que con su marido. Aquella vez estaba enamorada. Nunca había querido a nadie antes. Tenía la sensación de que, en todo aquello, había algo que no entendía.

—No hay nada de lo que asustarse. Lo haremos despacio, suavemente. No habrá dolor, sólo placer. Confía en mí, y te enseñaré lo maravilloso que puede ser.

La ternura de su voz, por encima del deseo, fue lo que le dio a Helen la pista de lo que ocurría. Abrió unos ojos como platos, pero Martin, sin darse cuenta, siguió besándola. Rápidamente, al darse cuenta del error, cerró los ojos de nuevo, intentando que su cuerpo permaneciera inmerso en el deseo que él había creado.

Pensaba que ella tenía algún trauma sexual, o al menos, una aversión a hacer el amor. Si él no la hubiera estado besando, habría sacudido la cabeza. ¿Cómo habría llegado a aquella conclusión tan descabellada? Arthur nunca le había hecho el menor daño, simplemente, había fracasado por completo a la hora de alimentar sus pasiones. Sin embargo, en aquel momento estaba averiguando lo que era la pasión entre un hombre y una mujer, estaba averiguando la verdad. No tenía ninguna aversión a hacer el amor con Martin Willesden, pero, ¿por qué habría pensado él aquello?

Sin embargo, no era momento de hacerse preguntas.

Martin hizo más y más profundos los besos, y ella notó que se le derretía el sentido común. Con alegría, con abandono, se rindió a la cálida marea que la invadía.

Para satisfacción de Martin, no notó ni la más mínima señal de pánico, ni siquiera un temblor, nada que estropeara la respuesta de la belleza que tenía en sus brazos. Sin embargo, mantuvo tensas las riendas de su pasión, imponiéndose una disciplina despiadada ante aquella provocación extrema. Era un trabajo muy duro seducir a una diosa. Intensificó minuciosamente la fiebre entre los dos, derramando deseo sobre sus cuerpos hasta que supo que había ganado la batalla. Cuando, finalmente, la llevó a lo más alto y la mantuvo allí durante un instante fugaz, sintió la alegría más intensa, justo antes de dejarse llevar por su propio gozo.

Las campanadas del reloj penetraron en la niebla de placer que anegaba el cerebro de Helen. Las cuatro en punto.

¡Las cuatro! Abrió los ojos, y se encontró con un

pecho masculino. Después, sus sentidos detectaron un brazo pesado y musculoso rodeándola, relajado.

Reprimiendo un gemido, Helen cerró los ojos. ¿Qué podía hacer? Sería fácil quedarse allí, drogada por la felicidad, pero entonces Martin despertaría y le pediría que se casara con él, y tendría que rechazarlo mientras estaba desnuda entre sus brazos.

Abrió los ojos de nuevo y empezó a liberarse de él con sumo cuidado para no despertarlo. Una vez que estuvo de pie al lado de la cama, empezó a vestirse rápidamente. Mientras lo hacía, reprimió un suspiro. Martin la había transportado al final del arco iris, le había dado un momento de placer más allá de lo que ella nunca hubiera imaginado. Atesoraría el recuerdo de aquella tarde en su corazón, durante todos los años solitarios que tenía por delante.

Y cuando le pidiera su mano de nuevo, ¿qué iba a contestarle? No podía explicarle sus razones, porque Martin no aceptaría su sacrificio. Discutiría, la amenazaría, usaría todo tipo de trucos para conseguir su objetivo. Sin embargo, ella no cedería. Lo amaba, y estaba completamente decidida a que él hiciera realidad sus sueños.

No. Con calma, decidió que no le daría explicaciones. Él se enfurecería, pero no podría convencerla.

No iba a gustarle, pero era por su propio bien.

Empezó a abrocharse con dificultad los diminutos botones del vestido y, sin querer, se quedó absorta observando aquella maravillosa cara. Helen sonrió al recordar sus esfuerzos para ayudarla a superar su supuesto trauma, pero de repente, su sonrisa se desvaneció. Al rechazarlo, le iba a causar más dolor que furia. Le iba a propinar un fuerte golpe. Además, su rechazo a sucumbir al amor de un calavera sería un duro golpe para su orgullo.

Helen palideció, y de repente, tuvo frío. No entendía por qué el destino le deparaba de continuo aquel tratamiento tan duro. ¿Por qué a ella?

Decididamente, apartó su depresión y siguió con los botones. Se le resbalaban de los dedos, y murmurando unas cuantas maldiciones, intentó abrocharlos. Exasperada, miró hacia arriba, y se encontró con unos ojos grises que la observaban con calidez, llenos de risa. Cuando ella lo miró, la sonrisa de Martin se hizo más amplia.

—Tenías que haberme despertado —su voz era profunda, burlona, una invitación a los placeres ilícitos.

Helen parpadeó, intentando concentrarse. Tenía que conservar la calma. Tratando de usar un tono enérgico, le dijo:

—Es muy tarde, y tengo que marcharme a casa. Pensé que si te despertaba antes de vestirme no lo conseguiría.

Completamente relajado, Martin se rió.

—Me conoces bien, bella Juno. Ven aquí.

Ella lo miró desconfiadamente.

—Martin, de verdad tengo que marcharme.

Martin miró el reloj, y suspiró resignado.

—Supongo que sí. En ese caso, mejor será que me permitas ayudarte con el vestido —se sentó en el borde de la cama, con la sábana por la cintura, y le hizo una señal para que se acercara. De mala gana, Helen obedeció, y él le tomó la cintura con ambas manos. Durante un segundo, sus miradas se cruzaron. Helen, hipnotizada, vio la sonrisa que se dibujó en sus labios. Después, él hizo que se diera la vuelta.

Le abrochó los botones rápidamente, pero antes de que ella pudiera moverse, volvió a tomarla por la cintura e hizo que se sentara en una de sus rodillas.

Al sentir el calor de su cuerpo, Martin deseó de nuevo que ella lo hubiera despertado antes. Sopesó seriamente la posibilidad de tumbarla en la cama y quitarle el vestido de nuevo. ¿A quién le importaba lo que pensara el mundo? Con una sonrisa irónica, reconoció que tal cosa no podía suceder, si quería asumir su posición social como conde de Merton con la condesa a su lado. Hablando de lo cual...

Hizo que Juno se volviera para poder mirarla a la cara. Sonrió con perversidad de calavera.

—¿Te ha gustado?

Helen se puso del color de la grana.

Martin soltó una carcajada y le acarició la mejilla.

—Di que te vas a casar conmigo y podrás disfrutar de estas delicias todos los días. O, al menos, todas las noches —sonrió con confianza y esperó a que Juno aceptara su proposición.

Helen no pudo mirarlo a los ojos. Se produjo un

silencio, y ella notó que Martin se ponía tenso. Notó frío, e intentó liberarse de sus manos. Él dejó que se levantara, y ella se acercó a la chimenea. Sacó fuerzas de flaqueza y lo miró. El granito, sin duda, habría sido más cálido que la expresión de su cara. Tenía las manos apretadas sobre los muslos. Parecía un ser poderoso, completamente iracundo.

—Martin, no puedo casarme contigo —Helen se obligó a sí misma a pronunciar aquellas palabras con calma y claridad. Por dentro se sentía muerta.

—Ya veo. No te importa acostarte conmigo, pero no quieres casarte conmigo —dijo él. Helen bajó la cabeza. No quería ver su desilusión—. ¿Por qué?

—Lo siento. No puedo explicártelo.

—¿Cómo? —Martin se puso en pie bruscamente—. Aclárame una cosa. Antes estabas dispuesta, ¿verdad?

—Sí. Pero eso no cambia nada. Simplemente, ya no es posible que me case contigo.

—¿Por qué?

Aquella vez, la pregunta era más inquisitiva. Martin caminó de un lado a otro, como una fiera herida. Helen tuvo que reprimir el impulso de acercarse a él para consolarlo.

—Lo siento, pero no puedo explicártelo.

—¿No puedes explicarme por qué prefieres ser una prostituta de alta sociedad antes que casarte conmigo?

Temblando por dentro, Helen mantuvo una apariencia impasible. No quería vacilar bajo su mirada chispeante. Se sentía enferma. Él había dado rienda suelta a su orgullo. Sin embargo, Helen no podía sentir arrepentimiento por aquella tarde de placer. No quería sentirse culpable por la mayor alegría que había tenido en su vida.

Martin sostuvo su mirada, deseando hacer que ella se doblegara. Cuando vio que mantenía la mirada fija, dejó escapar un gruñido. Se sentía violento, tenía ganas de tomarla por los brazos y llevarla a la cama para reducirla a un estado en el que hiciera lo que él quería. Pero aquélla no era una solución real. Le lanzó una mirada furiosa. Helen todavía estaba allí de pie, fingiendo calma, delante de la chimenea donde él quería verla. Podría presionarla para que fuera su amante, pero la quería como su esposa.

Con otro gruñido de frustración, Martin se volvió y anduvo hacia ella.

—Si mi proposición honrada es tan repugnante para usted, señora, le sugeriría que se fuera antes de que mi instinto más básico me empuje a hacerle un ofrecimiento insultante.

La tomó por un brazo y la llevó hasta la puerta. Helen no ofreció resistencia. Era mejor así. Si se marchaba sin darle ninguna explicación y lo dejaba herido y confuso, era posible que ella se debilitara y fracasara. Sin embargo, su reacción furiosa, aunque le había roto el corazón, también la había salvado de él.

Completamente iracundo, Martin llamó al mayordomo.

—¡Hillthorpe!

Al instante, el hombre apareció por una puerta. Al verlos, su actitud sufrió un sutil cambio.

Martin hizo caso omiso de su sorpresa.

—Lady Walford se marcha. Pídele un coche —le soltó el brazo a Helen y, con el más seco de los saludos, se marchó.

Cuando la puerta se cerró de un portazo tras él, Helen estuvo a punto de ponerse a llorar, pero se contuvo. Tenía que llegar a su casa cuanto antes.

Con una mirada al mayordomo de Martin, supo que estaba tan asombrado como ella ante la falta de cortesía de su amo, pero él no tenía ni idea de qué podía haber sucedido.

—Por favor, ¿podría traerme mi abrigo y mi sombrero?

—Por supuesto, señora —respondió Hillthorpe, saliendo de su estupefacción. Nunca había visto al señor de tan mal humor. Lo cual, pensó haciéndole una reverencia a lady Walford, era una pena. Todos los sirvientes de su casa, la mayoría heredados de sus padres, se habían alegrado cuando habían sabido que el señor había elegido a lady Walford como condesa de Merton. Una dama conocida por su bondad y su amabilidad, una verdadera señora.

Mientras iba a buscar su abrigo, Hillthorpe frunció el ceño. ¿Un coche? ¿En qué estaba pensando el amo? Lo mejor que podía hacer era mandarla en un carruaje cerrado, sin marcar. Cuando le llevó el abrigo, le hizo una reverencia y le dijo amablemente:

—Si quiere sentarse un momento en el vestíbulo, señora, haré que traigan un carruaje ahora mismo.

Agradecida por cómo estaba manejando la situación aquel hombre, Helen lo siguió, intentando controlar sus emociones hasta que se viera libre para dejarlas fluir.

Desde la escalera, dos pisos más arriba, Damian Willesden, el otro ocupante de la casa, observó cómo desaparecían en el vestíbulo. Estaba completamente sorprendido. Lentamente, bajó las escaleras, mientras reflexionaba sobre las implicaciones de lo que acababa de ver.

Así que Martin había vuelto a ser el de siempre. Había seducido a la bella lady Walford. Aquel pensamiento fue una gran satisfacción para Damian. Bendijo las inclinaciones de mujeriego de su hermano. Lady Walford sería su amante, pero no su mujer. Aquella dama sería borrada de la lista de candidatas a condesa de Merton.

¿O no?

Damian lo pensó con detenimiento. No podía imaginarse por qué un hombre como su hermano se casaría con una mujer a la que podía tener como amante, pero la verdad era que aquellas cosas podían ocurrir. De hecho, ocurrían a menudo.

La puerta principal se cerró. Lady Walford se había marchado.

Pero él todavía no estaba a salvo. Damian frunció el ceño. No creía que Martin fuera a casarse con aquella mujer, sobre todo, después de aquella despedida, pero no tenía modo de saber si ella intentaría cazarlo más tarde. Lo único que aseguraba que el matrimonio fuera imposible era poner a lady Walford en una posición en la que no pudiera casarse con él.

Tenía que destrozar su reputación.

Aparte de todo lo demás, la condesa viuda de Merton no lo toleraría. Damian tenía una inmensa confianza en su madre, y en su dinero.

Con una sonrisa arrogante, bajó las escaleras hasta el piso de abajo. Le iba a resultar muy fácil conseguir que aquella casa, la casa de sus padres, pasara a ser suya. Pidió el sombrero y el bastón, salió a la calle y se dirigió hacia St. James.

Aquella noche se celebraba el baile de Barham House. Helen reconoció, cansada, que era imposible faltar a la cita. Los Barham eran amigos suyos desde hacía años. Tuvo la esperanza de que Martin, que no tenía tanta relación con ellos, no fuera.

Janet tendría que llevarle unas rodajas de pepino para bajar la hinchazón de los párpados. Todas las lágrimas que había derramado durante la noche la ayudarían a aliviar su dolor inmediato. Sin embargo, el dolor más profundo permanecería mucho más, sin posibilidad de alivio. Haciendo un esfuerzo, Helen se puso de pie y cruzó la habitación para tocar la campanilla. Entonces, fue hacia su armario.

Aunque lo que le apetecía era vestir de negro, tendría que conformarse con el azul oscuro. Con suerte, aquel color disimularía su palidez. Después se dio un baño y, a duras penas y obligada por Janet, comió algo.

En el carruaje, pensó qué haría si Martin asistía al baile. Helen tomó aire y se apartó aquella idea de la cabeza. En su estado, aquello era demasiado inquietante como para pensarlo.

Los Barham la saludaron cariñosamente. En el salón de baile se unió a Dorothea y a lady Merion, que ya habían llegado. Así pues, rodeada de su círculo de amigos, se relajó y disimuló con una expresión calmada la depresión que sentía.

A medianoche, aquella máscara se le resquebrajó. Estaba bailando con el vizconde Alvanley cuando vio a Martin en un lado del salón, apoyado en una pared. Tenía la mirada clavada en ella.

Incluso Alvanley, buen conversador como era, se dio cuenta de aquello.

—¿Qué ocurre?

—Eh... Nada. ¿Qué estaba contándome de lady Havelock?

Alvanley frunció el ceño.

—No de lady Havelock, sino de Hatcham —respondió él, algo molesto.

—Oh, sí —dijo Helen. Después clavó sus ojos en la cara del vizconde, y él retomó su historia de buen humor.

Intentó evitar la mirada de Martin. En su estado de debilidad, él podría aprovecharse y obligarla a explicarse, o peor aún, a aceptar su petición de mano. En aquel momento, Helen recordó la advertencia de Ferdie. Su viejo amigo tenía razón, los calaveras eran peligrosos siempre.

A pesar del mar de personas que los separaban, Martin percibió la inseguridad de Helen. Todavía sentía furia, así que sabía que no sería inteligente acercarse a ella. Estuvo tentado de hacer caso omiso de sus deseos y pedirle un vals. Sólo su propia incertidumbre ante lo que podría ocurrir se lo impidió. Ni siquiera sabía por qué estaba allí, aparte de porque no había otra cosa que quisiera hacer. Ver a Helen todas las noches era un hábito que no estaba dispuesto a romper. Lo que había ocurrido la tarde anterior lo había dejado confuso y furioso, y sabía por experiencia que no le funcionaría la mente con claridad. Tampoco sabía cómo salir de aquel estado emocional.

Lo que sí sabía era que si continuaba mirando de aquel modo a Helen, la gente empezaría a murmurar. Sin embargo, no podía evitarlo.

—¡Martin! Qué agradable es volverte a ver.

Martin miró hacia abajo y sintió que una mano le tocaba el brazo. Era Serena Monckton, sonriéndole. Él reprimió el deseo de sacudirse la mano y le hizo una leve inclinación con la cabeza.

—Serena.

Lady Rochester se pavoneó. Era la primera vez, desde que él había reaparecido como conde de Merton, en la que había conseguido que la llamara por su nombre. ¿Quizá todavía hubiera alguna esperanza para ella?

Martin vio su reacción y maldijo por dentro. Se había esforzado en mantener a lady Rochester a distancia, sabiendo lo empalagosas que podían ser sus atenciones. No confiaba en ella en absoluto, lo cual era bastante comprensible, pero absorto en Helen, sus defensas estaban bajas. Tendría que reparar el daño causado.

—Me encanta bailar el vals —dijo ella con coquetería—. Hay muy pocos hombres que sepan bailarlo. Pero tú has estado en Waterloo y en Wellington, ¿verdad?

Tragándose otra maldición, Martin pensó que Serena Monckton no había cambiado. Era una desvergonzada. No tenía ningún reparo en ofrecérsele de aquella manera, a él, precisamente. Abrió la boca para ponerla en su sitio, pero de repente se le ocurrió que quizá fuera una buena oportunidad para demostrarle a otra desvergonzada cómo se sentía uno cuando lo rechazaban. A la misma mujer que había pasado la tarde en su cama y después no lo había aceptado.

Echó un vistazo por la habitación y localizó a Helen sentada junto a Dorothea. Después miró el rostro de Serena, que sonreía falsamente.

—Creo que en este momento comienza un vals. ¿Te apetece bailar?

No tuvo que pedírselo dos veces. Sin embargo, en cuanto hubo dado dos pasos se arrepintió. Serena no era la mujer a la que quería tener en sus brazos. Con un mal presentimiento, alzó la cabeza para mirar a Helen. Ella todavía no los había visto, pero muchos otros sí. Él había hecho un hábito de bailar sólo con

Helen Walford. Su repentina aparición en el baile con otra mujer, Serena Monckton, además, mientras Helen estaba sentada sin bailar, era un insulto evidente. Pero Martin se dio cuenta de todo aquello con retraso. La enormidad de su error se hizo patente cuando miró de nuevo a Helen. Ella ya los había visto, y la expresión de sus ojos verdes le dolió a Martin en el alma. Bruscamente, ella bajó la vista y le dijo algo a Dorothea, que lo estaba mirando también, con una furia que no podía disimular.

Martin sintió un escalofrío. Bailaba automáticamente, sin prestarle atención al parloteo de Serena. Cuando pasaron cerca de la silla donde había estado Helen, él vio que estaba vacía. La siguiente vez, Dorothea había vuelto, sola, y le estaba lanzando puñales con la mirada.

Helen se había marchado.

Por él. Le había hecho daño y había huido. Aquello era algo que ella nunca habría hecho, sobre todo teniendo en cuenta que no le gustaba nada aparecer en los murmullos de la gente.

En cuanto terminó el baile, con el corazón dolorido, Martin le hizo una reverencia a Serena, dejándola a un lado de la pista, se despidió de sus anfitriones y se marchó.

Damian lo vio todo desde su rincón, y se alegró. Aquello iba cada vez mejor. Tras aquella escenita, no había ninguna posibilidad de que las cosas se arreglaran entre su hermano y lady Walford. Sobre todo, después de que, aquella noche, él sembrara su historia en suelo fértil.

Todo el salón de baile se había dado cuenta del incidente. Lady Rochester estaba todavía intentando aparentar que Martin había mostrado un interés real en ella. Nadie la creía, por supuesto. Damian se acercó y esperó a que terminase de hablar con un libertino de edad avanzada. Después, la saludó.

—Ha sido muy amable por su parte echarle una mano a Martin.

Serena lo miró desdeñosamente.

—¿Qué quiere decir, señor?

Aquel tono desagradable sacó lo peor de Damian a la superficie.

—Oh, creía que usted lo sabía —vio cómo lady Rochester se congestionaba—. ¿Quién sabe? —continuó, antes de que ella explotara—. Quizá Martin se lo agradezca de una forma que usted aprecie, ahora que ha terminado su relación con lady Walford y ya no puede disfrutar de sus encantos.

Serena abrió mucho los ojos ante lo que significaban aquellas palabras.

—¿Quiere decir que...? —su voz era un susurro incrédulo.

Damian fingió sorprenderse.

—¿No lo sabía? Yo creía que todo el mundo lo sabía —se encogió de hombros—. Bueno, más tarde o más temprano se enterarían.

Y con aquello, se marchó, seguro de haber advertido a lady Rochester, también. Porque si Martin era capaz de seducir y arruinar a una mujer como lady Walford, con ella lo tendría mucho más fácil.

Serena sonrió con frialdad. Tenía la oportunidad de hacerle daño a un hombre que había preferido irse a las colonias antes que casarse con ella. Aunque el tiempo había curado su furia y su orgullo herido, no veía ninguna razón para no extender aquel delicioso rumor.

Animada por un agradable sentimiento de maldad, se mezcló con la multitud pensando en cómo podría hacerlo.

Martin entró en la biblioteca, se sirvió una buena copa de coñac y se sentó ante el fuego.

¿Por qué? ¿Cómo había podido cometer semejante error? Había permitido que sus emociones tomaran el control, y había perdido el equilibrio. Si aquello era lo que el amor le hacía a un hombre, no estaba seguro de si quería continuar.

Con un gruñido de frustración, dejó la copa en la mesita y se cubrió la cara con las manos. Había herido a Helen, demonios, cuando todo lo que quería era hacerla feliz. En vez de eso, sólo había conseguido ponerlos tristes a los dos. Cada vez sentía un deseo más fuerte de ir a su casa y llamar a la puerta hasta que ella lo dejara pasar.

Sin embargo, Martin reprimió aquel impulso de

mala gana. Sabía perfectamente que aquello sólo empeoraría las cosas.

Lo mejor que podía hacer, hasta que superara la furia y la confusión, era alejarse unos días. Su agente de Merton le había escrito pidiéndole que acudiera, y los decoradores estaban allí, haciendo realidad su sueño; debería ir a ver cómo estaban progresando las obras. Quizá la paz del Hermitage le ayudara a resolver las cosas, a decidir cómo actuar.

Una vez que hubo tomado la decisión, se levantó de la butaca y terminó el contenido de la copa. Después, con la mandíbula apretada, salió de la estancia.

Dos días después, Helen tuvo por primera vez la sensación de que algo no marchaba bien, en su primera salida al parque con Cecily Fanshawe. Afortunadamente, Cecily no había asistido a aquel baile porque se encontraba mal. Como siempre, cotorreaba con entusiasmo, dándole a Helen la posibilidad de descansar su mente agotada.

Estaba exhausta, deprimida y hundida. Ver a Martin bailando con lady Rochester le había causado más dolor del que estaba preparada para soportar. Había pensado que sería capaz de sobrellevar una visión como aquélla, aunque le costara tiempo. Sin embargo, aquella noche sus nervios no se lo habían permitido. La acción de Martin y su propia reacción habían provocado comentarios, ella lo sabía. Como consecuencia, cuando detectó los primeros susurros, no le dio demasiada importancia.

Pero para cuando Cecily y ella habían recorrido la mitad del circuito, Helen ya sabía que había algo más grave. Se notaba la frialdad en el ambiente. Algunas de las damas con hijas casaderas le retiraron la sonrisa.

Fue Ferdie quien confirmó sus sospechas. Las saludó desde un lado del camino de coches, en el punto más concurrido del parque. Cuando el carruaje se detuvo, él abrió la puerta.

—Tengo que hablar contigo —le dijo a Helen. Saludó a Cecily y subió al coche—. Creo que es mejor llevar a Helen a casa. Necesito hablar con ella a solas.

Cecily frunció el ceño.

—Pero... acabamos de llegar.

—No importa —dijo Ferdie, en tono firme.

—Está bien —Cecily se rindió, y le dio al cochero instrucciones para volver.

Durante el camino, Ferdie sacó un tema de conversación ligero, pero sin embargo, Helen se sentía cada vez peor. Tenía una opresión en el pecho que intentó aliviar hasta, por lo menos, saber qué tenía que decirle Ferdie.

Cecily los dejó en Half Moon Street y se despidieron.

Cuando entraron en la casa, Helen encontró otra visita que esperaba. Dorothea estaba caminando por la sala.

—Menos mal que ya has llegado. Esperaba que no tardarías mucho.

Ferdie entró detrás de Helen, y Dorothea lo saludó con alivio.

—Tú eres la persona que necesitamos.

Helen, hundiéndose en una butaca, preguntó con un suspiro:

—¿Os importaría decirme qué pasa? —tenía un presentimiento muy desagradable, pero quería oírlo claramente.

Ambos visitantes se quedaron callados, mirándola. Después, se miraron el uno al otro.

—¿Es acerca de Martin Willesden?

Dorothea se dejó caer en una silla.

—Sí —respondió, y esperó a que Ferdie se sentara también—. Hay rumores. Quizá es lógico, después del baile de los Barham. Pero lo que he oído esta mañana parece más de lo que se puede excusar —dijo, y miró a su amiga con una pregunta en los ojos.

Helen la miró también durante unos instantes, y después se dirigió a Ferdie.

—¿Tú también has oído cosas?

Ferdie, extrañamente serio, asintió.

—En White's.

Helen cerró los ojos. White's. Aquello significaba que lo sabía toda la ciudad.

—La historia sugiere que... has sido amante de Martin Willesden —ella esperó, pero Helen no abrió los ojos—. ¿Es cierto? —preguntó con suavidad.

—¿Es que tendría alguna importancia? —respondió

Helen, en un tono de voz cansado. Abrió los ojos y arqueó las cejas desdeñosamente.

Fue Ferdie el que respondió.

—Me temo que no. Lo que necesitamos hacer ahora es decidir cómo acallarlo.

—Sí —convino Dorothea—. Helen, vas a tener que enfrentarte a ello. Marc está furioso. Después de todo, conociste a Martin en nuestra casa. He tenido que persuadirlo para que no hiciera nada antes de que yo hubiera hablado contigo.

Helen se quedó asombrada. ¿Hazelmere contra Martin? En realidad, no sabía quién ganaría semejante enfrentamiento. Los dos eran hombres muy poderosos, pero Hazelmere tenía una posición social afianzada, y a Dorothea a su lado. Helen le puso una mano en el brazo a su amiga y le suplicó:

—Tienes que prometerme que convencerás a Marc para que no haga nada hasta que me escuche. ¿Me lo prometes?

Con una mirada de preocupación en los ojos, Dorothea sonrió.

—Te prometo que lo intentaré. Pero tú sabes tan bien como yo que hay ciertas cosas en las que Marc no se deja guiar.

Aquello era indiscutiblemente cierto. Helen asintió para aceptar el ofrecimiento de Dorothea.

—Necesito pensar.

—Lo mejor será comportarse con normalidad —dijo

Ferdie–. Merton tendrá que hacer su papel. Si ninguno de los dos se altera, el rumor se desvanecerá.

Débilmente, Helen asintió.

–Sí. Supongo que es cierto –con un esfuerzo evidente, sonrió a sus invitados–. Con amigos como vosotros, estoy segura de que lo conseguiré.

Dorothea se levantó, sacudiéndose la falda para colocársela.

–Te dejo que reflexiones. Si necesitas algo más, avísame para cualquier cosa. Mientras, nosotros haremos todo lo posible para mitigar el interés.

Helen les dio las gracias, y Ferdie se levantó también.

–Yo voy contigo –le dijo a Dorothea–. Quizá sea de ayuda que hable con Hazelmere.

Cuando sus dos invitados se hubieron marchado, Helen se quedó pensando, intentando descubrir qué había ocurrido. ¿Cómo era posible que el relato de su tarde con Martin hubiera trascendido? Nadie la había visto salir de casa de Martin, gracias a su cuidadoso mayordomo. Y, contra las órdenes de su amo, Hillthorpe la había enviado a casa en uno de los coches de Merton, pero sin emblema en las puertas, de modo que nadie podía haber supuesto nada.

¿Sería posible que Martin hubiera extendido el rumor para hacerle daño? Dado que había hecho trizas sus sentimientos públicamente bailando con lady Rochester ante sus propias narices, Helen pensó que sería capaz de todo. ¿Acaso, sabiendo que lo único que ella tenía era su posición en la sociedad, habría querido despojarla de aquello? Helen se mordió el labio inferior. Experimentó un sentimiento de traición que amenazaba con engullirla, pero, con la determinación de ver las cosas claramente, reflexionó durante largo rato. Finalmente, no pudo creer que él hubiera hecho aquello. Era posible que él estuviera furioso, pero no creía que quisiera destrozarla haciendo público lo que habían compartido en su casa aquella tarde. Aquello no era propio de un señor y, a pesar de su apariencia de calavera, Martin Willesden era todo un caballero.

La única prueba de aquello que necesitaba era recordar. Él la había ayudado mucho, entre otras cosas, en su poco ortodoxo viaje a Londres. Un mujeriego sin escrúpulos habría aprovechado la oportunidad; Helen se sonrojó al recordar su noche en Cholderton. Ciertamente, él había tenido toda clase de oportunidades.

No. Él no había extendido aquel rumor. Sin embargo, la incertidumbre le añadió otra herida a su corazón lacerado.

Después de pensar durante una hora, se convenció a sí misma de que tenía que ver a Martin para hablar sobre lo que podían hacer. Él también debía de haber oído los rumores.

De mala gana, Helen se levantó y se dirigió hacia su escritorio. Rápidamente, le escribió una nota al conde de Merton.

La respuesta le llegó dos horas más tarde.

El conde, escribía su secretario, estaba en aquel momento en el campo. No sabía cuándo regresaría, pero no recibiría la carta hasta el momento de su regreso.

Helen se quedó absorta leyendo la nota una y otra vez. Finalmente, la arrugó y la tiró a la chimenea. Después, lentamente, subió a su habitación.

Se tumbó en la cama con los ojos clavados en el techo. Estaba sola. Aquello no era algo inusual en su vida, pero aquella vez era mucho peor. Sin darse cuenta, se había acostumbrado a que Martin estuviera a su lado desde el primer encuentro en el bosque. Sin embargo, se había retirado en el momento en el que ella más necesitaba de su fuerza.

¿Qué podía hacer? En ausencia de Martin, no sería capaz de enfrentarse a los rumores, no podría acallarlos por el mero hecho de negarlos. Sin Martin, no podría mantener la cabeza alta. ¿Y quién sabía cuándo iba a volver?

¿Cuáles eran las opciones? Si se retiraba de la ciudad durante el resto de la temporada de actos sociales, era muy probable que cualquier otro escándalo eclipsara el suyo. Sabía que Hazelmere no lo aprobaría, porque sería admitir tácitamente que el rumor tenía algún tipo de fundamento. Pero ella no era ninguna niña. Era una viuda de veintiséis años. Su círculo social se inclinaba a hacer la vista gorda ante aquellos asuntos, siempre y cuando se manejaran con discreción. Así pues, lo mejor que podía hacer para asegurar que volvieran a aceptarla en el futuro era marcharse al campo. No tenía ninguna duda de que, durante el año siguiente, podría volver a la ciudad y unirse a la temporada como si nada hubiera sucedido.

Así que se marcharía al campo. El mejor lugar era Heliotrope Cottage, la única tierra que le quedaba, en el oeste de Cornwall. La casa era muy pequeña, pero más que suficiente para ella y para Janet. Hazelmere siempre había estado en contra de que se quedara allí, alegando que no tenía protección masculina. Pero Cornwall estaba bastante alejado de Londres. Además, quizá aislada, en el campo, su corazón se curaría más rápido.

Con un suspiro, Helen se levantó de la cama y llamó a la campana. Si Janet hacía las maletas aquella noche, podrían salir a la mañana siguiente y alejarse de los ojos grises que la habían hechizado. Decidió no contarle a nadie lo que había pensado, para no tener que discutir. Nadie se preocuparía al saber que se había marchado con Janet, había cerrado la casa y había retirado el llamador. Sus mejores amigos respetarían su deseo de privacidad. Después de Navidad, seguramente, podría hacerle una visita a Dorothea, cuando su amiga hubiera dejado la capital y se hubiera marchado a celebrar las fiestas a la finca de Hazelmere.

Respirando hondo, Helen intentó relajarse, a la espera de que el sueño la reclamara y preguntándose cuánto tiempo tendría que pasar para que aquellos ojos se le borraran del pensamiento.

10

En el Hermitage, Martin paseaba por el nuevo invernadero que había mandado construir detrás del salón de baile, admirando sus nuevos dominios. Todo estaba saliendo tal y como lo había planeado.

Los decoradores todavía tardarían una semana más en terminar su trabajo. Los carpinteros se marcharían al día siguiente. Un ejército de jardineros había transformado la espesura salvaje en un paraíso al que se accedía por el camino clareado, a través de las viejas puertas de hierro forjado, limpias y pintadas de negro brillante. Ante aquella vista, Joshua, que no había dejado de gruñir desde Londres, se quedó boquiabierto.

Martin apoyó las manos en el alféizar de la ventana y aspiró profundamente el olor de la madera nueva y la hierba recién cortada. El Hermitage había vuelto a ser un lugar apropiado para recibir invitados y ser ocupado por él y su familia.

Ante aquel pensamiento, su estado de ánimo se derrumbó.

Su éxito no había sido completo. Antes de conocer a Helen Walford, reformar el Hermitage había sido su principal objetivo. Sin embargo, en aquel momento tenía puestas sus miras mucho más allá de poseer su casa. Necesitaba una familia.

Y sólo había una mujer a la que pudiera imaginar ante su chimenea. No podía quitarse de la cabeza la imagen de Helen, con las llamas reflejadas en su maravilloso pelo, con su hijo en brazos.

De ser solamente una meta, casarse con Helen Walford había pasado a ser una obsesión. Sabía que, si no se casaba con ella, no se casaría con nadie. No podría conseguir su sueño de tener una familia que habitara su hogar.

Helen se iba a llevar una buena sorpresa.

Él no iba a rendirse.

Martin sonrió. La vida de un calavera rico y de buena familia no enseñaba precisamente a hacer sacrificios. No estaba dispuesto a abandonar su sueño. Pero, por muy decidido que estuviera, todavía tenía que averiguar cómo convencer a Helen.

De repente, se dio cuenta de que estaba empezando a atardecer y se dirigió hacia la habitación de su madre. Subió las escaleras de dos en dos y llamó a la puerta de sus habitaciones. Cuando ella le dijo que entrara, sonrió con una impaciencia perversa y obedeció.

Catherine Willesden se había quedado sorprendida aquella tarde, cuando Martin había pasado por su cuarto, pero no para discutir, sino solamente para charlar. Al principio, estaba asombrada, y después se había quedado desarmada. Tenía un ingenio agudo, muy parecido al de su padre. Ella había disfrutado de aquella charla mucho más de lo que estaba dispuesta a admitir.

—Tengo una sorpresa para ti —le dijo Martin, sonriendo.

—¿Eh? ¿Qué? —preguntó lady Catherine, haciendo un esfuerzo por mantenerse impasible.

—No puedo decírtelo, o no sería una sorpresa —respondió Martin.

—Mi querido señor, si piensa que voy a jugar a las adivinanzas con usted, está confundido.

—Por supuesto que no —dijo él, considerando que la mordacidad de su madre era una buena señal, y disfrutando de la posibilidad de tomarle el pelo—. Yo nunca me atrevería a jugar con usted, señora.

—¡Pff! —fue la respuesta instantánea de su madre.

—Pero me estás distrayendo de la sorpresa. Tienes que bajar las escaleras conmigo.

Lady Catherine le frunció el ceño a su hijo.

—Hace diez años que no bajo las escaleras, como tú bien sabes.

—Yo no sé nada de eso. Si estabas bien como para bajar hace seis semanas, debes de estar bien ahora, para ver lo que quiero enseñarte —Martin observó cómo su madre agarraba a duras penas el borde de su chal con los dedos.

—Oh —dijo la viuda—. Te lo han contado.

—Sí —dijo Martin, en un tono mucho más amable—. Pero no había necesidad de que lo vieras todo en aquel estado —él había sabido que, después de su primera visita, ella había insistido en que la bajaran al piso de abajo, para comprobar el estado en que, según ella misma había supuesto, se encontraba la casa.

—Fue horrible —dijo lady Catherine, estremeciéndose—. Ni siquiera pude reconocer algunas de las habitaciones.

Su pena por la pérdida de sus sueños y de los recuerdos que habían permanecido con ella durante tantos años afectaron a su tono de voz.

—Pero todo eso ya ha pasado —Martin se acercó y la tomó en sus brazos. Lady Catherine dejó escapar un gritito y se agarró a él, y lo miró fijamente cuando él sonrió.

Pensando en que Helen pesaba al menos el doble que su madre, se dirigió hacia la puerta. Después miró la cabeza agachada de Melissa.

—Melissa, ¿quieres venir? Hoy cenaremos abajo. Puedes venir con nosotros ahora, si quieres ver los trabajos, o puedes bajar después, a las seis, al comedor.

Melissa se quedó mirándolo boquiabierta. Martin echó a caminar de nuevo.

—¿Abajo? —lady Catherine recuperó, por fin, el habla—. Yo siempre ceno aquí arriba, en una bandeja.

—Pues se acabó. Ahora que tenemos un comedor estupendo, mientras yo esté en la casa, al menos, tendrás que ocupar tu lugar en la mesa —hizo que su voz sonara severa, como si le estuviera dando una orden.

Después miró de reojo a su madre. Ella no sabía qué decir. Por una parte, no le gustaba aceptar lo que podría solamente ser su caridad. Por otra, deseaba cenar en su mesa de nuevo. Martin sonrió y siguió caminando por el largo pasillo hacia las escaleras.

Catherine Willesden casi no pudo ver el nuevo mobiliario, porque tenía los ojos llenos de lágrimas. Nunca había valorado a Martin como se merecía. Sabía muy bien que nunca había sido tan dócil como sus hermanos. Pero George había arruinado la casa, y Martin, sin embargo, le había devuelto todo su esplendor. Se le había roto el corazón cuando, finalmente, se había enterado de todo lo que había pasado en realidad. El señor Matthews había sido completamente franco al responderle, cuando ella le había preguntado. Su hijo había agitado su varita mágica y la casa estaba casi mejor que al principio.

Aunque no podía decírselo, porque el muy bribón se pondría insoportable. Cuando llegaron al final de las escaleras, ella parpadeó rápidamente. Martin la dejó en una silla, y ella aprovechó para colocarse las faldas mientras él la rodeaba. De repente, la silla empezó a moverse.

—¡Martin! —la condesa viuda se agarró como pudo a la silla.

El réprobo de su hijo se rió. Realmente, se reía.

—Está bien, madre —Martin empujó la silla suavemente—. Es una silla de ruedas. Tiene ruedas para que puedas moverte, ¿ves? —se detuvo y se las enseñó—. La vi en Londres, y pensé que podría serte útil.

—Es posible —respondió su madre, intentando, en vano, que su tono de voz fuera tan adusto como siempre.

Pero fracasó. Martin la llevó hasta el comedor, con una gran sonrisa de satisfacción.

La paseó por las habitaciones, explicándole cómo iban a ser aquéllas que todavía estaban sin terminar. Para su sorpresa, ella no puso ninguna objeción ante lo que él había decidido, y añadió algunas sugerencias. A las cinco, completamente satisfechos el uno con el otro, se fueron a sus habitaciones para vestirse.

Aquella cena fue la primera que compartían en trece años, y sin embargo, no hubo ninguna tensión, aparte de la que creó Melissa, que permaneció callada durante toda la velada. Martin intentó incluirla en la conversación, pero finalmente, su madre le hizo un gesto y sacudió la cabeza.

Al final de la cena, lady Catherine le pidió a su hijo que la llevara a la biblioteca.

—Tengo que hablar contigo.

Cuando llegaron a la habitación de la casa donde siempre se había sentado su padre después de cenar, Martin puso la silla de su madre cerca de la chimenea. Ella suspiró suavemente, y empezó a hablarle.

—Como ya sabes, mis amigos de la ciudad siempre me han informado de las últimas noticias por carta.

Martin reprimió el impulso de terminar rápidamente aquella conversación. En vez de aquello, arqueó una ceja con frialdad.

—¿De veras?

La condesa viuda se puso rígida.

—No tienes por qué ponerte a la defensiva —le dijo—. Solamente quería decirte que me he enterado de que tienes gran interés en Helen Walford. Todo el mundo está esperando a que le pidas que se case contigo. Como nunca has sido tonto, supongo que eso significa que quieres casarte con ella de veras. No te he mencionado el asunto para hacerte ninguna objeción, aunque sé que, si te la hiciera, no me prestarías atención. Recuerdo la historia de lady Walford y conocí un poco a sus padres. Por todo lo que he oído, es apropiada para ser tu condesa.

Para asombro de Martin, lady Catherine hizo una pausa, con el ceño fruncido, y añadió:

—Debo decir que no te imagino casándote con una debutante. Probablemente, la estrangularías en la luna de miel. O, más probablemente, me la echarías encima a mí —la viuda miró a su hijo y vio en sus ojos que se estaba divirtiendo. Entrecerró los ojos y continuó—: Lo cual me lleva a lo que quería decirte. No sé en qué estado está la Dower House, pero te estaría muy agradecida si lo arreglaras todo para que la firma que ha reformado el Hermitage arreglara también aquella casa.

Al ver que Martin no hacía ningún comentario, añadió:

—Yo correría con los gastos, naturalmente.

—Naturalmente, un cuerno —Martin dejó su copa de Oporto en la mesita y se inclinó hacia delante para que su madre pudiera verle la cara con claridad—. Tú llevas viviendo en esta casa unos cincuenta años. Ni yo ni mi esposa desearíamos que te marcharas.

Durante un momento, su madre se lo quedó mirando fijamente, deseando aceptar su ofrecimiento, pero demasiado orgullosa para aceptarlo por compasión.

—No seas tonto. Tu mujer no querrá que Melissa y yo estemos pululando por la casa.

Martin se rió y se apoyó en la butaca.

—Se me había olvidado Melissa —admitió él, con los ojos brillantes—. ¿Quién sabe? Quizá Juno pueda conseguir que hable.

—¿Quién?

Con una rápida sonrisa ante la confusión de su madre, dejó la pregunta a un lado.

—Te aseguro que Helen querrá que te quedes. Sospecho que os llevaréis estupendamente, y seguro que tendré que aguantar una alianza vuestra cada vez que quiera hacer algo poco convencional. Nunca se sabe, puede que ella necesite tu apoyo —al ver que la condesa viuda todavía no estaba convencida, añadió pensativamente—: Y siempre habrá niños a los que cuidar.

—¿Niños? —la expresión asombrada de su madre le sugirió a Martin que su imaginación había ido más lejos de lo que él quería.

—Todavía no. Aunque yo sea un calavera, creo que esperaremos hasta después de la boda.

Su madre se quedó muy aliviada.

—Y ahora, si ya he resuelto todas tus preocupaciones, te llevaré a tu habitación —Martin se levantó y tomó a su madre en brazos. Ya estaban subiendo las escaleras cuando ella le preguntó:

—Entonces, ¿vas a casarte con Helen Walford?

—Por supuesto. Puedes estar segura.

Más tarde, cuando ya estaba en la biblioteca con su Oporto, sus palabras se le repetían en la mente. Él había dicho la verdad. La única cuestión que quedaba por resolver era cómo hacer que su novia accediera.

Se acomodó en la butaca y estiró las piernas. Era todo un misterio el porqué ella había rechazado su proposición. Al menos, ya sabía que la razón no era física. Debía de ser algo mucho más sencillo, probablemente, desconfianza en los hombres. Después de su primer matrimonio, cosa bien comprensible. Cualquiera que fuera el problema, él lo resolvería. Cada día que pasaba la echaba más de menos, porque no había nada más importante para él que Helen Walford.

Al día siguiente volvería a la ciudad a hablar con

ella. La cortejaría, la conquistaría. Y después, la llevaría a casa.

Dos días después, al mediodía, Martin paraba el coche delante de la casa de Half Moon Street. Joshua se bajó de la parte de atrás y tomó las riendas mientras él caminaba hacia la puerta.

—No sé cuánto tardaré. Dales un paseo si es necesario.

Martin subió decididamente los escalones. Ella le iba a decir que sí en aquella ocasión. No iba a marcharse hasta que lo hiciera. Levantó la mano para tomar el llamador, y se quedó petrificado.

El llamador no estaba.

Helen se había marchado de la ciudad.

Bruscamente, Martin se dio la vuelta y caminó hacia el coche de nuevo. Sorprendido por el rápido regreso de su amo, Joshua abrió la boca para hablar, pero volvió a cerrarla. En silencio, le entregó las riendas de los caballos y se fue hacia atrás. Por la experiencia que tenía, sabía que era mejor no preguntarle nada al conde cuando estaba furioso.

Martin dirigió los caballos hacia casa, y cuando llegó, se encerró en la biblioteca.

¿Por qué? ¿Por qué se había marchado?

Los cotilleos después del baile de los Barham no podían haber sido tan malos. Era posible que él hubiera cometido un gran error, pero sabía que en Londres los rumores sobre aquello durarían uno o dos días, a lo sumo.

Entonces, ¿por qué se habría marchado?

¿Para evitarlo a él?

¿Habría pensado que iba a repetir su actuación con Serena, o con cualquier otra mujer, y hacer que su vida fuera desgraciada? Con un gruñido de frustración, sacudió la cabeza. No. Ella no podía creer que le fuera a hacer daño de nuevo. Dado el grado de entendimiento al que habían llegado durante todas las horas que habían estado juntos, ella sabría que se calmaría después de aquello, después de haber visto su disgusto. Demonios, él quería casarse con aquella mujer, ella no podía creer que quería hacerle daño. ¿O sí?

Hundido en el sentimiento de culpabilidad, Martin paseó por la habitación, pensando.

No. No podía haberse ido para escapar de él, porque él mismo se había marchado de la ciudad. Ella lo habría sabido uno o dos días después, y dudaba que sus amigos le hubieran permitido marcharse. Así que...

¿Por qué se había marchado? Quizá la razón no tuviera nada que ver con su relación. Ella no tenía familia directa, y sus amigos vivían en Londres. Quizá Dorothea se hubiese puesto enferma y se hubieran retirado al campo. Sin embargo, al recordar a la encantadora mujer de Hazelmere la última vez que la había visto, aquello no le pareció probable.

¿Se habría visto Helen obligada a marcharse por alguna otra razón? Aquel pensamiento hizo que Martin se pusiera aún más nervioso. Después de unos instantes, llamó a la campana. Cuando Hillthorpe apareció, pidió que llamaran a Joshua.

Unos momentos después, una voz sacó a Martin de sus pensamientos.

—¿Quería verme, señor?

Martin se levantó y se acercó a Joshua.

—¿Te acuerdas de ese hombre al que te pedí que vigilaras, Hedley Swayne? Una vez mencionaste que habías entablado cierta amistad con su cochero, ¿no?

Joshua se encogió de hombros.

—Bueno, una amistad de beber en las tabernas, si entiende lo que quiero decir...

Martin lo entendía. Sonrió.

—Eso es estupendo. Quiero que vayas a verlo, y averigües lo que puedas sobre las últimas hazañas del señor Hedley. Sobre todo, si ha tenido visitas, o si ha ido a alguna reunión muy arreglado... Su cochero puede haberse fijado en esas cosas.

—Muy bien.

—Quiero saber lo que ha estado haciendo Hedley Swayne durante esta semana, y quiero saberlo tan pronto como sea posible.

—Muy bien, señor.

Con un saludo, Joshua se marchó.

Y volvió antes de lo que Martin se esperaba.

—Se ha ido. Ha salido corriendo.

—¿Qué? —Martin saltó de la butaca en la que se había hundido—. ¿Cuándo?

—Parece que el caballero se ha marchado con sus hombres a su finca, según me ha dicho su ama de llaves. Se marcharon hace dos días.
—Dos días. ¿Y te ha dicho por qué?
Joshua sacudió la cabeza, mientras su amo recorría la habitación frenéticamente.
—¿Quiere que vigile por si vuelve?
Martin se detuvo. Miró a Joshua y negó con la cabeza.
—Tengo el desagradable presentimiento de que si esperamos a que vuelva, será demasiado tarde —se despidió de Joshua y echó a andar de nuevo. Le ayudaba a pensar.
No tenía por qué haber ninguna relación entre la marcha de Helen y la de Hedley Swayne. Pero tampoco tenía por qué no haberla. Martin se maldijo por no haber investigado el intento de secuestro del señor Swayne. Su preocupación por conseguir que Helen se convirtiera en su esposa había relegado aquel pequeño incidente en su cabeza. El recuerdo de aquello había sido eclipsado por los demás recuerdos de Helen durante su viaje de vuelta.
De repente, Martin se dio cuenta de que la única solución para resolver todas sus dudas era ir a preguntar a Hazelmere. Rápidamente, fue a casa de su amigo.
Para su sorpresa, aunque Mytton fue tan amable como siempre, y fue inmediatamente a informar a su amo a la biblioteca, tuvo que esperar bastante tiempo

en el vestíbulo. Finalmente, la puerta de la biblioteca se abrió.

Salió Dorothea, con el niño en brazos.

Si le había lanzado puñales en el baile de los Barham, aquella tarde le añadió flechas y lanzas. Confuso, Martin pensó que debería estar muerto.

Con un gesto frío de saludo, Dorothea se dio la vuelta y empezó a subir las escaleras. Lo rígido de su espalda ilustraba su desaprobación.

Martin no estaba totalmente sorprendido por su enfado. Al fin y al cabo, era muy amiga de Helen. Sin embargo, se sintió como cuando las damas lo habían mirado igual trece años atrás.

Mytton se acercó.

—Su señoría lo recibirá ahora, milord.

Cuando entró en la biblioteca, encontró a Hazelmere de pie junto a la ventana, abierta a la brisa fresca de la mañana. Su postura, rígida y severa, le advirtió a Martin que ocurría algo grave.

Martin se detuvo al lado de una butaca y apoyó una mano en el respaldo. Le lanzó a su amigo una mirada lánguida y suspiró.

—¿Qué se supone que he hecho ahora?

Hubo una pausa brevísima, durante la cual Hazelmere procesó la información que encerraban aquellas palabras. Entonces, sus rasgos se relajaron.

—¿No lo sabes? —le preguntó.

—Aparte de perder la cabeza en el baile de los Barham la otra noche, no creo haber transgredido ninguna de las leyes más sagradas.

—¿Ni siquiera antes del baile de los Barham?

Martin rodeó la butaca y se dejó caer en ella.

—Oh.

—Precisamente —despacio, Hazelmere se sentó enfrente de él—. Ya veo que es cierto.

—Te dije que iba a curarla, ¿no?

Hazelmere reconoció aquello con un gesto de resignación.

—Sin embargo, no había imaginado que dejarías que fuera del dominio público.

—¿Del dominio público? —Martin se levantó de un salto—. ¡Maldita sea! —rugió—. ¿Cómo es posible que se haya sabido?

Hazelmere fue testigo de la agitación de su amigo con satisfacción evidente.

—No creía que tú supieras nada del asunto.

Él lo dijo suavemente, pero Martin lo asimiló a la primera.

—¡Por supuesto que no! ¿Qué demonios...? —entonces se detuvo, estupefacto, pálido. Lentamente, volvió a hundirse en la butaca—. ¿Dorothea y todos los demás piensan que yo lo he contado?

Hazelmere asintió.

—A lady Rochester —añadió—. Ella fue la que hizo circular el rumor después de bailar contigo en casa de los Barham.

Martin gruñó y hundió la cabeza entre las manos.

¿Cómo era posible que Serena se hubiera enterado? Entonces, se le ocurrió algo mucho más preocupante.

—¿Y Helen también lo cree?

Entonces, Hazelmere frunció el ceño.

—Para ser sinceros, no sé lo que piensa Helen. No he tenido la oportunidad de hablar con ella. Ha desaparecido, se ha ido de la ciudad. Yo tenía la esperanza de que tú supieras dónde está, pero es evidente que no lo sabes.

—Había venido a preguntarte si tú lo sabías. Yo me marché de la ciudad a la mañana siguiente del baile. ¿Qué ha ocurrido, exactamente?

Hazelmere se lo contó brevemente.

—Así que Dorothea y Ferdie la dejaron para que pensara con claridad. A la mañana siguiente, se había marchado.

—¡Maldita sea! —Martin se puso de pie otra vez y comenzó a caminar frente a la chimenea. Se obligó a sí mismo a evaluar la situación con frialdad—. Con suerte, la situación no será irreversible. Una vez que nos casemos, dejará de haber murmuraciones.

—Cierto —convino Hazelmere—. Pero, si no te molesta mi curiosidad, ¿cuándo es la boda, exactamente?

La mirada que le lanzó Martin era de exasperación y frustración.

—Esa desvergonzada me dijo que no.

Por una vez, los ojos marrones de su amigo se abrieron en franca sorpresa.

—Pero, ¿qué pretende? —preguntó, finalmente.

—No tengo ni la más mínima idea —murmuró Martin—. Pero cuando le ponga las manos encima, voy a sujetarla hasta que consiga meterle algo de sentido común en la cabeza —cansado de pasear, volvió a sentarse—. ¿Se te ocurre algún sitio al que haya podido ir?

—He estado pensando. No creo que haya ido a ninguna posada, y sé que no ha ido a ninguna de mis fincas. Creo que está en Heliotrope Cottage.

Martin lo miró confundido.

—Creo que te expliqué que ninguna de sus fincas se había salvado de las manos de su marido, pero Heliotrope Cottage se consideró algo sagrado. Así que es la única parte del patrimonio de Helen que sigue siendo suya. Es una parcela muy pequeña, en Cornwall.

—¿Cornwall?

Ante la incrédula exclamación de Martin, Hazelmere parpadeó.

—Sí. Cornwall. Ya sabes, esa región al lado de Devon.

—Ya sé dónde demonios está Cornwall. Pero lo peor es que también lo sabe Hedley Swayne. Su finca también está allí.

Hazelmere estaba confundido.

—Bastante gente tiene fincas en Cornwall.

—Pero nadie ha intentado secuestrar a Helen, excepto él.

—¿Cómo dices?

—La primera vez que vi a Helen —le explicó Martin—,

no fue en tu casa, sino en un bosque en Somerset. Dos rufianes la tenían agarrada, y estaban esperando a que apareciera su cliente. Por lo que he sabido, ese cliente era Hedley Swayne. Helen también lo creía.

Hazelmere no lo entendía.

—No tiene sentido.

—Ya sé que no tiene sentido —gruñó Martin.

—Todos hemos visto a Swayne revolotear alrededor de Helen, pero nunca hubiera creído que realmente tenía intenciones de ese tipo.

Martin sacudió la cabeza.

—Es evidente que tiene que haber algún motivo oculto, algo que no vemos. Pero sea lo que sea, prefiero que Helen esté a salvo antes de sacudir a Hedley Swayne para sonsacarle la respuesta.

Hazelmere estaba completamente de acuerdo con aquello.

—¿Vas tú o voy yo?

—Oh, yo iré, si me das su dirección. Estoy decidido a tener una larga charla con la amiga de tu esposa. Después de eso, creo que iremos a Merton —ante la idea de llevar a Helen al Hermitage, Martin se relajó un poco por primera vez en toda la noche.

Hazelmere se puso de pie.

—Te dibujaré la ruta. No es fácil.

Con las indicaciones, Martin se puso en camino, después de rogarle a su amigo que hablara con Dorothea con respecto a las miradas asesinas.

En cuanto entró en su casa, Martin repartió instrucciones y órdenes para que se preparara todo mientras él metía unas cuantas cosas en una bolsa de viaje. No sabía qué situación iba a encontrarse en Cornwall, ni qué cosas tendría que hacer para convencer a Helen para que dijera sí. Lo mejor sería que se asegurara el premio en cuanto ella accediera a casarse con él, y la ceremonia se celebrara rápidamente.

Una sonrisa irónica se dibujó en los labios de Martin. Terminó de hacer la maleta y ensayó mentalmente su petición al obispo de Winchester, un amigo de su padre que sin duda estaría encantado de enredar a un vividor en las redes del sagrado matrimonio.

La cama de Four Swams no era precisamente cómoda. Martin se estiró y cerró los ojos. Aquel día había sido de lo más ajetreado.

Primero, su llegada a Londres, lleno de planes para Juno, que se habían venido abajo por su ausencia. Después su entrevista con Hazelmere, y los preparativos del viaje. Como era el día libre de su secretario, él mismo se había encargado de la correspondencia, y entre las cartas había encontrado la nota de Helen con la sucinta respuesta de su secretario. Al principio, se había quedado abatido al pensar que ella le había pedido ayuda y no estaba allí. Después, había pensado algo más.

A pesar de que él hubiera herido sus sentimientos, no había dudado en llamarlo. Claramente, había pensado que los dos juntos podrían ocultar su relación. En realidad, no habría sido difícil. Simplemente, habrían continuado como si nada hubiera sucedido entre ellos, y nadie habría seguido murmurando.

Pero lo más importante era que, si ella le había pedido ayuda, era porque estaba preparada para verlo de nuevo, para hablar de nuevo con él. Y aquello era muy alentador.

Suspiró y estiró los hombros. Parecía que las cosas iban mejor, aunque todavía tardaría dos días más en llegar a Heliotrope Cottage. Tenía dos días para preparar sus disculpas y pulir su nueva petición de matrimonio mientras conducía a los caballos.

Aún no había podido entender cómo había trascendido el hecho de que los dos hubieran pasado la tarde juntos, cómo se había enterado todo el mundo. Sin embargo, reconocía que el escándalo le proporcionaba un arma adicional. Tendría que manejarla con cuidado, por supuesto, y sólo si Helen aún se mostraba reticente. A ninguna mujer le gustaba que la obligasen a decidirse, y nadie lo sabía mejor que él pero, de alguna manera, tendría que transmitirle a su amor la idea de que el matrimonio era la mejor solución, la más aceptable por la sociedad.

Todavía no sabía, tampoco, por qué lo habría rechazado. Si era simplemente porque estaba recelosa hacia la idea de casarse de nuevo, el único modo de convencerla que se le ocurría era casarse con ella para demostrarle lo equivocada que estaba. Y un poco de persuasión, seguramente, sería excusable en aquellas circunstancias.

Quería casarse con Helen Walford, y por lo tanto, ella se casaría con él. Después de todo, también era lo mejor para ella.

La luz de la luna entraba por la ventana abierta, y una suave brisa refrescaba la habitación. Por fin, Martin se quedó dormido. Sus sueños fueron, sin duda, sobre la última cama de una posada en la que había dormido, y sobre su acompañante.

Helen estaba amasando pan mientras Janet volvía del mercado del pueblo, a un kilómetro de la casa.

Nunca había cocinado, aparte de las tortas que había hecho con ayuda de Martin en un pajar, unos meses atrás.

Al pensar en él, los ojos se le llenaron de lágrimas. Molesta, parpadeó rápidamente. Desde que había llegado de Londres, se pasaba el día a punto de llorar. Había intentado controlar sus emociones, pero no lo había conseguido.

Apretó los dientes y hundió las dos manos en la masa. No entendía por qué estaba tan pegajosa; seguramente, le habría añadido demasiada agua.

Estaba poniendo un poco más de harina cuando oyó ruido de caballos. Se quedó petrificada, y se le aceleró el corazón.

La casita estaba al final de un camino. Por allí no

pasaban carruajes. ¿Quién habría ido a visitarla? Entonces oyó una voz dando órdenes, y supo que no era el conde de Merton.

La desilusión intensificó su desesperanza.

Cuando alguien llamó a la puerta, ni siquiera separó las manos de la masa, sino que dijo «pase» en el tono más agradable que pudo.

Para su sorpresa, era Hedley Swayne la persona que traspasó el umbral de la puerta principal.

—¿Lady Walford?

Helen reprimió un suspiro. La hospitalidad del campo le exigía que, al menos, le ofreciera un refresco.

—Pase, señor Hedley. No me esperaba ver a nadie de Londres por aquí. ¿A qué debo el placer de su visita?

—Querida señora —Hedley Swayne hizo una efusiva reverencia—. Es sólo una visita de vecinos —y, cuando Helen lo miró confusa, él añadió—: Soy el dueño de Creachley Manor.

¿Creachley Manor? Helen parpadeó. Si aquello era cierto, en realidad aquel hombre era su vecino más cercano. Sus tierras casi englobaban las de Heliotrope Cottage.

—Ya —respondió ella—. Qué detalle por su parte —le señaló una silla con las manos manchadas de masa y observó cómo Hedley se sentaba, con mucho cuidado de no arrugar la cola de su levita. Ella estaba consternada por aquella visita, y no se fiaba ni un ápice de la excusa que le había dado—. Pero, ¿cómo ha sabido que yo estaba aquí?

Durante un instante, Hedley se quedó sin saber qué decir.

—Eh... eh... Lo he oído decir en el pueblo. Ya sabe a qué me refiero.

Helen inclinó la cabeza con cortesía. Ella había vivido en un pueblo durante toda su vida y sabía perfectamente lo que él quería decir, pero, aunque a menudo las noticias corrían muy rápido, en aquella ocasión era demasiado. Janet y ella habían llegado tarde, la noche anterior. Los mozos y el cochero habían vuelto a Londres inmediatamente. Aquel día era el primero que pasaban allí, así que nadie podía haberlo sabido en el pueblo, sólo a través de la aparición de Janet en el mercado. Hedley Swayne estaba mintiendo, pero, ¿con qué propósito?

—¿Le apetecería un té, señor?

Hedley pareció un poco incómodo por su ofrecimiento. Dejó caer la mirada en un pequeño decantador que había en el mostrador de la cocina. Helen lo notó y se dio cuenta de que el señor Hedley no quería compartir un té.

—Quizá prefiera un poco de vino fresco.

Swayne aceptó de buena gana. Dándole las gracias en silencio a su cocinera de Londres, que había empaquetado una botella de vino en las provisiones, Helen levantó las manos del cuenco donde estaba trabajando la masa, y se las miró consternada.

—Eh... ¿quiere decirme dónde están las copas?

Asombrada por aquella muestra de buena disposición, Helen le indicó a Swayne un armario. Mientras observaba a su visitante, luchaba por entender qué habría ido a hacer allí. ¿Cuál sería su objetivo? Su atuendo era tan recargado y remilgado como siempre. O quizá más, como si hubiera querido impresionarla, reflexionó Helen. Por desgracia, en aquel escenario campestre, lo único que conseguía era estar fuera de lugar.

Él se sirvió una generosa cantidad de vino y volvió a su silla.

—Tengo que decir, lady Walford, que es un placer ver a una mujer como usted encargándose de tareas tan femeninas.

Helen lo miró cautelosamente. Su actitud era la de un hombre satisfecho de sí mismo, engreído, como si hubiera resuelto algún problema insalvable, y estuviera deseando cobrar el precio. La inseguridad de Helen se intensificó, pero se limitó a asentir sin saber qué decir. Por suerte, Hedley tenía una verborrea interminable. Al principio, ella pensó que su charla no tenía un fin, pero, según proseguía con sus chismorreos sobre el círculo social, empezó a percibir cierto esquema. Todos los comentarios estaban relacionados con algún escándalo reciente, y en cómo habían afectado negativamente a las posibilidades de casarse de las mujeres que se habían visto envueltas en ellos. Ella hizo los comentarios oportunos en el momento oportuno, que era todo lo que Hedley Swayne necesitaba para seguir, mientras Helen se preguntaba si estaría adivinando el punto al que él quería llegar.

Era lo que sospechaba.

—En realidad —dijo él, e hizo una pausa para tomar un sorbo de vino—, me marché de la capital hace seis días. Es muy cansada la Little Season, ¿no cree?

Helen murmuró algo apropiado.

—Y además —dijo Hedley, examinándose las uñas—, corría un rumor muy penoso.

Y aquello, pensó Helen, era suficiente.

—¿De veras? —le confirió a la palabra toda la frialdad que pudo, pero para su disgusto, tuvo el efecto contrario.

—Mi querida, querida lady Walford —Hedley Swayne se levantó y se aproximó a ella.

Helen abrió unos ojos como platos cuando vio que dejaba su vaso sobre la mesa. Se quedó de piedra al ver que se acercaba con los brazos abiertos, como si quisiera abrazarla. Cuando notó que la rozaba, Helen volvió en sí.

—¡Señor Swayne! —exclamó, y levantó las manos para apartarlo.

Para su sorpresa, él dio un salto hacia atrás, como si estuviera amenazándolo con una antorcha encendida. Entonces se dio cuenta de que tenía las manos cubiertas de masa. Al ver cómo miraba Swayne aquella amenaza para su pulcro traje, Helen tuvo que reprimir una risita. Con determinación, volvió a hundirlas en la masa. Siempre y cuando sus dedos constituyeran aquellas armas mortales, podía considerarse a salvo.

—Señor Swayne —le dijo ella, intentando calmarse—. No tengo idea de los rumores que haya podido oír usted, pero le aseguro que no tengo intención de hablar sobre ellos.

Hedley Swayne frunció el ceño, claramente picado al ver que su ensayado intento se venía abajo.

—Me parece muy bien, querida señora —respondió con irritación—. Pero la gente sí hablará.

—Supongo —respondió ella, desanimándolo—. Pero digan lo que digan, a mí no me concierne. Los rumores sólo son rumores.

—Oh, sí. Pero este rumor es más concreto que los demás —continuó Hedley, y miró a su anfitriona. Al ver la ira reflejada en sus ojos, se apresuró a explicar—: Pero eso no es lo que he venido a decirle, querida mía.

—Señor Swayne —dijo Helen, cansada de su compañía—, no creo que quiera oír nada de lo que tenga que decirme sobre ese asunto o sobre cualquier otro.

—No se precipite, querida señora. Le sugiero que escuche mi razonamiento antes de hacer juicios poco afortunados.

Helen apretó los labios y se preparó para escucharlo.

Animado por su silencio, Hedley Swayne tomó aire.

—Lamento tener que hablar con claridad, señora,

pero su reciente indiscreción con un noble es del dominio público en Londres. Todos entendemos, por supuesto, que esa relación ha terminado —dio unos cuantos pasos hacia la puerta de la cocina, y después volvió, mirando severamente a Helen—. Naturalmente, el suceso y su publicidad la han dejado a usted en una situación nada envidiable. Así pues, debe estar contenta por cualquier oferta que la reintegre en sociedad.

Helen, reprimiendo la risa, no tuvo dificultad para entender hacia dónde iban dirigidos sus razonamientos.

—Así, mi querida lady Walford, aquí me ve, convertido en su caballero andante. Vengo a ofrecerle la protección de mi nombre.

No tenía otro remedio que rechazar su ofrecimiento todo lo amablemente que pudiera. Helen sospechaba que sus motivaciones no eran tan puras como él pretendía, pero no tenía ganas de enfrentarse a él innecesariamente. Al fin y al cabo, era su vecino.

—Señor Swayne, valoro muy sinceramente su ofrecimiento, pero me temo que no tengo intención de volver a casarme.

—Oh, no tiene que temer que yo hiciera valer mis derechos matrimoniales, querida señora. Lo que yo le ofrezco es un matrimonio de conveniencia. Usted es una viuda, y yo... yo soy un hombre de ciudad. Estoy seguro de que nos llevaremos estupendamente. No tiene que preocuparse en ese sentido.

Sin saberlo, su declaración no había hecho más que añadir tristeza al estado de ánimo de Helen. Martin le había ofrecido muchísimo más que aquello, y había tenido que rechazarlo. Qué cruel era el destino, que le enviaba al señor Hedley Swayne con su horrible proposición, en vez del conde de Merton.

—Señor Swayne, de verdad...

—¡No, no! No se apresure. Sólo piense en las ventajas. Nuestro matrimonio pondría fin a todos los rumores, y usted podrá volver a Londres inmediatamente, antes de languidecer en este lugar.

—A mí me gusta el campo.

—Ah, bien. En ese caso, puede fijar su residencia en Creachley. No hay ningún problema. Yo no soporto este lugar, pero no hay ninguna necesidad de que venga usted a la ciudad si no lo desea.

Helen se irguió altivamente.

—Señor Swayne, no puedo ni quiero aceptar su proposición. Por favor —dijo, preparada para alzar las manos y protegerse de su posible reacción—, no diga nada más. No tengo intención de volver a casarme. Mi decisión es definitiva.

El malhumor se reflejó en el rostro de Swayne.

—Pero... tiene que casarse conmigo. Es una cuestión de sentido común. Merton no se casará con usted. Ha arruinado su reputación, y no le ha dejado otra opción que casarse. Debería casarse conmigo, debería hacerlo.

Lo que le quedaba de contención a Helen se evaporó al oír su tono petulante.

—¡Señor Swayne, no estoy obligada a casarme con nadie!

Swayne le devolvió la mirada que ella le había lanzado de una forma beligerante.

De repente, se oyeron ruidos de otro carruaje. A Helen se le cortó la respiración y se quedó con los ojos fijos en la puerta.

Cuando vio una figura alta, de hombros anchos, no supo si sentirse aliviada o asustada. Debería haber sabido que Martin iría a buscarla.

Al pasear la mirada por la habitación, Martin se dio cuenta al instante de que había interrumpido un enfrentamiento. Helen lo estaba mirando fijamente desde el otro lado de la mesa de trabajo, con las manos hundidas en un cuenco y con los rizos desordenados cayéndole por la frente. Con sólo mirarla, se dio cuenta de que estaba cansada y no se estaba cuidando como debería. Volvió a sentir la irritación que le había causado su huida precipitada de Londres. Pero su preocupación más inmediata era librarla de la presencia de Hedley Swayne.

Martin saludó inclinando la cabeza con frialdad a Helen, y entró en la cocina. Después se volvió hacia Hedley Swayne.

—Swayne —dijo, y respondió con un saludo seco a la reverencia nerviosa que le hizo el hombre. Martin percibió en la expresión de su cara que había oído el rumor. ¿Habría tenido la temeridad de mencionárselo a Helen? Martin pensó que, cuanto antes se marchara

Hedley Swayne, mejor sería. Sobre todo para Hedley Swayne—. Estaba a punto de marcharse, ¿verdad, señor Swayne?

Swayne tragó saliva y miró nerviosamente a Helen.

Helen notó que la miraba, pero no le devolvió la mirada. Estaba demasiado atareada en abarcar toda la imagen que creía que nunca más vería. Significaba que tendría que discutir con él de nuevo, pero en aquel preciso instante, no le importaba. Sólo el sonido de su voz profunda y grave hacía que se estremeciera. Siguió con los ojos la alta figura, los hombros y las piernas. Por la frente le caía un rizo negro. A Helen se le había olvidado la excitación que le producía su mera presencia. Aunque sólo fuera por un momento, disfrutaría de su calor.

—Realmente, no.

Aquella respuesta concentró toda la atención de Martin en el lechuguino aturullado que tenía enfrente.

—¿Qué quiere decir con que no?

El tono de voz de Martin, su gruñido, prometía una agresión, y Helen se dio cuenta del peligro. Dios Santo, lo último que necesitaba era tener que rescatar a Hedley Swayne de la aniquilación. Conociendo a Martin, aquello sería lo que ocurriría, si empezaba una pelea.

—Lo que quiero decir, milord, es que antes de que usted llegara, la señora y yo estábamos en mitad de una delicada negociación, y no creo que sea considerado por mi parte marcharme antes de que hayamos llegado a un acuerdo.

Martin hizo un gesto de desprecio y caminó hacia el otro lado de la mesa.

—¿Qué tipo de «delicada negociación»?

Helen deseó poder darle una patada a Swayne, pero estaba demasiado lejos. Como era de prever, el tonto elevó la barbilla y dijo:

—De hecho, estábamos hablando sobre un tema que no es de su interés, señor. Sobre el matrimonio.

Martin arqueó ambas cejas.

—Entiendo. ¿El de quién?

Helen cerró los ojos.

—Pues... el nuestro, por supuesto —dijo, infinitamente molesto. Pero, antes de que pudiera continuar, Martin, con la voz controlada, lo cortó.

—Contrariamente a lo que usted supone, yo soy todo un experto en proposiciones matrimoniales. Ya le he pedido a lady Walford que se case conmigo, y vengo a pedírselo de nuevo, y a pedirle a la señora su... respuesta definitiva.

Hedley Swayne se quedó boquiabierto.

Helen reprimió el impulso de cerrar los ojos y de fingir que se desmayaba. El énfasis sutil de aquellas dos palabras no se le escapó. Martin le estaba diciendo que aquélla era la última vez, la última oportunidad para alcanzar la felicidad. Él la estaba mirando con atención. Y, cuando ella lo miró a él, él sonrió.

—¿Y bien, querida? —la mirada gris se volvió burlona–. Ahora que nuestra relación es del dominio público, parece que la única solución respetable para ti es el matrimonio. Tú eliges. O la condesa de Merton, o la señora Swayne.

Helen se tragó su exclamación. Aquello era indignante. La había puesto en situación de aceptar a uno de los dos, o convertirse en una desvergonzada y una temeraria que estaba dispuesta a transgredir todas las reglas de la sociedad. Su respuesta instintiva ante su manipulación fue rechazarlos a los dos en aquel mismo momento. Martin, al menos, sabía que ella no tenía por qué casarse. Simplemente, estaba manipulando la situación para conseguir su objetivo. Abrió la boca para hablar, pero otra voz más grave se le adelantó.

–Antes de elegir, querida, piensa con detenimiento.

La mirada que le dirigió le dio a entender que no aceptaría que los rechazara a los dos. Helen tomó aire y luchó por pensar. Hedley Swayne la estaba mirando fascinado. El hecho de que no hubiera aceptado al instante la proposición de Merton le daba esperanzas. Si ella los rechazaba a los dos, tendría que seguir aguantando la presión, no sólo de uno, sino de ambos. Martin había dicho que aquélla era su última oportunidad, pero ella no lo creía. Él estaba decidido a conseguirla. Por otra parte, Hedley se vería reforzado si ella rechazaba a Martin, y continuaría persistiendo, tal y como lo había hecho durante el último año.

–Necesito un momento para pensar –les pidió.

Su tono de voz atravesó a Martin. Frunció el ceño. ¿Qué demonios tenía que pensar? Él la quería, ella lo quería, no había ninguna razón para pensar. Parecía tan cansada, que estuvo tentado de tomarla en brazos y llevarla a la cama, a dormir. Lo cual decía bastante sobre lo que le estaba haciendo el amor. Ella sólo tenía que decir que sí, y él pasaría el resto de su vida asegurándose de que disfrutara tanto de su segundo matrimonio como había sufrido con el primero. Esperó su respuesta, convencido de que sería la correcta.

Helen deseó que la tierra se abriera y la tragara, o que Janet llegara del mercado y rompiera aquel punto muerto, cualquier cosa para no tener que elegir. No quería casarse con Hedley Swayne, pero con cada minuto que pasaba, el destino parecía más firme.

No tenía la esperanza de ver de nuevo a Martin, sobre todo, después de su brutal despedida en su casa y la bofetada que significó lo que hizo en el baile de los Barham. Aquello habían sido reacciones normales en un hombre de su temperamento. Pero ella había creído que sería el fin. ¿Por qué había ido allí, entonces? Él le acababa de dar aquella respuesta, con sus palabras. A Helen se le encogió el corazón. Había ido allí a causa del escándalo.

¿Cómo se le podía haber olvidado? Angustiada al imaginarse cuáles eran sus sentimientos, al verse obligado a renovar su oferta por la presión del círculo social, apretó con fuerza las manos en la masa. Él era el conde de Merton, y se esperaba que actuara de acuerdo con las reglas de la sociedad. Así pues, se esperaba que le pidiera que se casara con él. Pero si ella aceptaba, su madre lo desheredaría, y él perdería su sueño. Ella podía salvarlo de las dos cosas, tanto de la ignominia social como del castigo de su madre, simplemente, casándose con Hedley Swayne. Si ya estuviera comprometida con él, Martin no se vería obligado a ofrecerle su nombre para salvaguardar su reputación. Sería libre de casarse con una dama a la cual su madre aprobara, y por lo tanto, conseguiría su objetivo más preciado.

Martin se movió, y Helen se dio cuenta de que se le estaba acabando el tiempo. Algo de su decisión debió de reflejársele en los ojos, porque, cuando lo miró, vio que fruncía el ceño y su mirada se volvía tormentosa.

—Ya he tomado la decisión —dijo. Mantuvo los ojos en el rostro de Martin un instante, y después miró al señor Swayne—. Señor Swayne, acepto su proposición.

Hedley Swayne la miró asombrado.

—Oh. Quiero decir... sí, por supuesto. Encantado, querida.

El silencio desde el otro lado de la mesa era horrible. Helen se obligó a mirarlo. Martin estaba estupefacto e inmóvil. Durante un segundo, el dolor cruzó su rostro, y después, una máscara de impasibilidad puso fin a todas las revelaciones. Con una cortesía terrible, se inclinó.

—Has hecho tu elección. Te deseo felicidad, querida

mía —la miró, y continuó—: Espero que no te arrepientas de lo que has hecho hoy.

Después, se volvió y se marchó.

Helen se quedó al lado de la mesa, librándose lentamente de la masa que tenía pegada a los dedos. No oía las parrafadas de enhorabuena que estaba lanzando Swayne, porque sus oídos estaban concentrados en escuchar los últimos ruidos del carruaje de Martin mientras se marchaba. Cuando el sonido murió definitivamente en la distancia, se sentó lentamente en una silla de la cocina. Entonces, cuando lo que acababa de perder fue totalmente patente, apoyó los brazos en la mesa, dejó caer la cabeza y empezó a llorar.

El crujido de las llamas le llegaba desde detrás, pero, aunque estaba helado, Martin no hizo ademán de volver la butaca hacia el fuego. Si lo hacía, vería la chimenea, y le recordaría a la mujer a la que había dejado en Cornwall.

No podía creer que hubiera aceptado a Hedley Swayne en vez de a él. Y el pensamiento que más daño le hacía era saber que la había empujado a hacerlo con su ultimátum. Aquello lo torturaba. Quería gritar de rabia. En vez de ello, se sirvió otra copa de brandy.

La había perdido irremediablemente. Nada más le importaba en el mundo.

Las puertas de la biblioteca se abrieron. Martin

miró a través de la oscuridad, preparando un comentario mordaz para aquél que se hubiera atrevido a molestarlo en su desesperación. Sus ojos, acostumbrados a la oscuridad, no detectaron a nadie hasta el cabo de unos momentos, cuando torpemente, una silla de ruedas entró en la habitación. Se detuvo justo después de las puertas, se volvió a cerrarlas, y después avanzó hacia él.

Reprimiendo un juramento, Martin se levantó. Su madre había bajado a verlo. ¿Quién demonios le habría dicho que había llegado?

Gracias a su considerable experiencia, recurrió a su habilidad y cruzó la habitación hasta ella. Le dio un beso en la mano, y después en la mejilla.

—Mamá. No tenías que haber bajado. Yo te habría visitado mañana, a una hora más prudente.

—Sí, seguro que hubieras preferido que te dejara beber tranquilamente hasta quedar inconsciente. Pero antes de que lo hagas, tengo que decirte algo.

En la oscuridad, Martin frunció el ceño.

—Mamá, no estoy de humor para homilías de ningún tipo.

Catherine Willesden apretó los labios.

—Lo que tengo que decirte es mejor que lo escuches cuanto antes —respondió. Cuando vio que su insoportable hijo no hacía ademán de moverse, le dijo—. ¡Ven ahora mismo, Martin! No es posible que seas tan tonto. Y enciende una vela, por Dios. No me gusta la oscuridad. Y, si no te molesta, acércame a la chimenea.

Con un profundo suspiro, Martin aceptó lo inevitable y obedeció. No tenía ni idea de lo que querría decirle, pero en su estado, no quería discutir con ella. Encendió la vela, y empujó la silla de su madre hasta que estuvo cerca de la chimenea.

Después, mientras volvía a sentarse en la butaca, notó que su madre tenía la cara demacrada.

—¿Estás bien?

Con un pequeño respingo, ella lo miró.

—Oh, sí. Bien. Pero... tengo muchas cosas en la cabeza, últimamente.

—¿Como por ejemplo?

—Para empezar, supongo que debería decirte que, en lo que se refiere al asunto de Serena Monckton, sé desde hace mucho que su acusación era falsa.

Hubo un silencio.

—¿Lo sabía mi padre?

Catherine Willesden sacudió la cabeza.

—No, yo sólo supe la verdad porque Damian me lo contó, después de que John muriera. Pero supongo que la mayoría de la gente ya sabe la verdad.

Durante un largo momento, ella mantuvo la mirada fija en sus dedos entrecruzados, y entonces, cuando vio que no hacía ningún comentario, dejó que sus ojos se perdieran entre las sombras.

Martin se encogió de hombros.

—Ya no importa. Es historia.

Lentamente, su madre asintió.

—Pensé en mandarte a buscar, pero, por todo lo que

oía de ti, parecía que estabas disfrutando de la vida, y era probable que hicieras caso omiso de la llamada, de todas formas.

Una risa sardónica fue la respuesta.

—Sí, muy cierto —dijo Martin, y volvió a tomar su copa.

La condesa viuda observó las llamas, y decidió continuar.

—Desde que has vuelto y te has reintegrado a la sociedad, mis amigos me han contado cosas de ti, por carta. Lo que me preocupa es que, a pesar de que Damian lleva viviendo en Grosvenor cuatro años, nunca me han contado nada de él. Eso me ha hecho preguntarles ciertas cosas a mis amigos más cercanos. Las respuestas no han sido exactamente tranquilizadoras para una madre —se detuvo, y observó a su hijo entre las sombras—. ¿Es cierto que Damian es uno de los patanes que frecuenta sitios poco recomendables, bebiendo y uniéndose a todo tipo de hazañas estúpidas que le propongan?

Hubo una pausa muy larga, antes de que Martin contestara:

—Por lo que yo sé, es cierto.

Catherine Willesden volvió a mirarse las manos y suspiró.

—Supongo que eso explica algo de lo que ha ocurrido. No podía creer que un hijo mío se estuviera comportando como lo ha hecho, pero claramente lleva haciéndolo durante bastante tiempo.

—En defensa de mi estimado hermano, me siento obligado a decir que no ha tenido ningún ejemplo por el que guiarse. Pero, ¿qué es lo que ha hecho ahora?

La pregunta hizo que la condesa viuda se cohibiese un poco.

—Me... me temo que algo que yo le dije fue lo que le dio la idea. No debes culparlo a él enteramente.

Lentamente, Martin se incorporó un poco en el asiento.

—¿Culparlo por qué?

La condesa viuda parpadeó al oír su tono de voz, pero se dispuso a explicárselo todo de la mejor forma posible. Si Martin quería renegar de todos ellos, que lo hiciera.

—Como ya sabes —comenzó—, Damian siempre fue mi favorito de los cuatro, debido principalmente a que era el más pequeño de todos. Y también —añadió, decidida a ser sincera—, porque era más halagador que el resto de vosotros. Que tú, sobre todo.

—Ya sé todo esto.

—Sí, pero lo que seguramente no sabes es que Damian ha pensado durante mucho tiempo que heredaría el título. Si no de George, de ti. El catálogo de tus aventuras pasadas es como una provocación a la muerte. Además, no habías demostrado el menor deseo de casarte. Naturalmente, Damian pensó que, pasado el tiempo, el Hermitage sería suyo. Pero hay algo más importante. Damian ha tenido siempre la costumbre de hacerme visitas muy breves, y cada vez que hace algo que considera muy inteligente, me lo cuenta.

—Se vanagloria, supongo.

—Sí. Y yo debo confesar que, cuando estaba haciendo los planes para ti, antes de que llegaras, se los mencioné a Damian —hizo una pausa, y lo miró fijamente—. ¿Recuerdas esos planes?

—Querías casarme con alguna niñata aburrida, según creo.

—Sí. Y obligarte a que lo hicieras con la amenaza de desheredarte.

Martin asintió.

—Sí. ¿Y?

La condesa viuda tomó aire.

—Que, cuando Damian vio que te acercabas demasiado a Helen Walford, le repitió la amenaza que yo te había hecho. Él no sabía que no era cierto —lo miró y tragó saliva. Martin ya no estaba hundido en la butaca. Su figura estaba tensa y atenta.

—¿Me estás diciendo que Damian ha hecho creer a Helen que si se casaba conmigo yo perdería toda mi fortuna?

La energía que vibraba bajo aquellas palabras hizo que la condesa viuda se quedara inmóvil. Sólo pudo asentir.

—¡Aggggg! —Martin saltó de la butaca y caminó frenético por la habitación, notando cómo se desvanecía toda su indolencia. A medio camino, se volvió y se acercó a su madre—. ¿Y también fue Damian el que extendió el rumor de que Helen había pasado la tarde en Merton House?

Lady Willesden vio cómo le ardían los ojos. Asintió, haciendo una débil defensa de su cuarto hijo.

—Sí, también lo admitió. Sin embargo, creo que él pensaba que te estaba haciendo un favor.

Martin le lanzó una mirada incrédula.

—¿Un favor?

—Supongo que creyó que era cierto que habías roto con lady Walford, y quiso protegerte, destrozando su reputación para que no pudiera acercarse más a ti.

Al ver que Martin, simplemente, se quedaba mirándola absorto, su madre asintió.

—Sí, lo sé. No es muy listo. Además, no parece que sepa cómo tiene que comportarse la gente.

Martin gruñó.

—¿Dónde está?

—En casa de los Bascombes, cerca de Dunster. Dijo que volvería en unos cuantos días.

Martin asintió.

—Ya me las veré con él más tarde.

Durante cinco minutos, recorrió la habitación con el ceño fruncido, mientras intentaba recomponer el puzzle de las negativas de Helen. La endemoniada mujer le había hecho pasar un infierno, creyendo que lo estaba salvando de la ruina. Con un gruñido, recordó que le había dicho que no le importaba nada su fortuna, sino sólo ella. Era él mismo el que se había puesto la zancadilla al confesárselo con tanta pasión. Pero, finalmente, había conseguido aclararlo todo. Tendría que meter a Damian en cintura, por supuesto, pero primero tenía que liberar a Helen del lío en que se había metido por sacrificarse. En aquel momento, Martin entendía perfectamente sus negativas obcecadas. Había decidido salvarlo, y nada de lo que él le había dicho había conseguido hacer que cambiara de opinión. Era gratificante, aunque había sido de lo más frustrante.

Exasperado, Martin se detuvo frente a la chimenea. Sus desvaríos sobre el Hermitage y Merton House también habían tenido algo que ver. Él había querido compartir sus sueños con ella para que se diera cuenta de que también formaba parte de su vida. ¿Es que no se había dado cuenta de que todos aquellos sueños no estarían completos sin ella, allí, donde estaba su lugar, delante de su chimenea? ¿Cómo podía haber pensado que le daba más valor a una casa que a ella? Claramente, la bella Juno necesitaba una lección acerca de lo que significaba el amor.

Martin miró a los ojos grises de su madre, que lo observaba con preocupación. Él sonrió por primera vez en aquel día.

—Gracias por tu información, mamá. Te llevaré a tu habitación.

—¿Y después?

—Y después me iré a la cama. En cuanto amanezca me pondré en camino hacia Cornwall.
—¿Cornwall?
—Sí. Tengo que salvar a una diosa de un destino peor que la muerte.

Su madre lo miró, sin entenderlo, y Martin añadió:
—Casarse con un lechuguino.

Aquella madrugada, la niebla se arremolinaba al lado de las ventanas de la habitación de Helen. Ella estaba de pie frente a los cristales, cepillándose el pelo desganadamente. Si hubiera sido razonable, se habría vuelto a la cama, pero no podía dormir. No tendría sentido estar allí tumbada, imaginándose cómo podrían haber sido las cosas. Intentando detener el futuro.

No había escapatoria. Por propia elección, había lanzado los dados; pero no se había esperado que se le pidieran cuentas tan rápidamente.

Hedley era un compendio de contradicciones, pero aparentemente, se organizaba bien cuando se lo proponía. Y, ciertamente, la noche anterior se lo había propuesto.

Helen se mordió el labio inferior con los ojos fijos en la oscuridad que reinaba fuera de la casa. Se había permitido una extraña demostración de llanto después de que Martin se hubiera marchado. Había sollozado durante horas, hasta que Janet había vuelto y la había abrazado, consolándola y ayudándola hasta que, por fin, se había tranquilizado. Sólo entonces se había dado cuenta de que Hedley Swayne seguía allí.

Cuando le había explicado todos los planes que había hecho, se había dado cuenta de que él se había ido, pero después había vuelto para contarle los detalles de su boda. Se celebraría al día siguiente.

Aquel mismo día. Aquella mañana, de hecho.

Con un profundo suspiro, Helen se acercó al alféizar de la ventana y se dejó caer en el asiento. Se había pasado media hora discutiendo con Hedley, pero no recordaba el motivo. Martin ya se había marchado. Realmente, no tenía mucha importancia cuándo se casara con Hedley. En realidad, para sus propósitos, quizá fuera lo mejor hacerlo cuanto antes, tal y como él había dicho. Una vez que el nudo estuviera hecho, Martin estaría seguro para siempre.

De nuevo, Helen suspiró. Casi no tenía energía para mantenerse de pie, y mucho menos para pensar. Pensar era demasiado doloroso, porque su mente mostraba una deprimente tendencia a comparar lo que hubiera podido tener con Martin, en contraste con lo que le había ofrecido Hedley. Él le había dejado claro, con una muestra de sinceridad notable, que consideraba el suyo un matrimonio de conveniencia y nada más. Helen había comprendido que sólo sentía indiferencia por ella pero que, por alguna razón que no acertaba a comprender, estaba igualmente empeñado en casarse.

Sin embargo, comprendía perfectamente que en pocas horas tendría que pronunciar las palabras que la condenarían al purgatorio por segunda vez en la vida. Como una gran capa gris, sintió la desesperación pesándole en los hombros. Tendría que ser valiente en la iglesia, aunque dudaba que hubiera mucha gente. Janet, por supuesto, y los sirvientes de Hedley, pero ella no conocía a nadie más en el pueblo. Ni siquiera conocía al pastor.

Se le llenaron los ojos de lágrimas, que lentamente se le derramaron por las mejillas y le cayeron en el regazo.

Mientras pasaban los minutos y se levantaba la niebla, la nube de tristeza que le rodeaba el corazón se hacía cada vez más densa.

Finalmente, Janet acudió en su rescate. La doncella la animó y la ayudó hasta que estuvo preparada. Sólo había llevado un vestido, no del todo adecuado para la ocasión, de seda dorada, con el escote un poco bajo, más apropiado para las fiestas que para una boda. Tampoco tenía ramo, así que decidió que llevaría un pequeño bolso para tener algo en las manos.

Hedley había enviado un carruaje. Resignada a su destino, Helen dejó que la ayudaran a subir. El viaje hasta el pueblo fue muy rápido. Al descender del coche frente a la puerta de hierro, se quedó sorprendida de encontrar una pequeña multitud de gente del campo, ansiosa de ver eventos inesperados. Ella se obligó a sonreír. Tal y como se presentaban las cosas, aquella gente podría ser su vecina durante el resto de su vida.

De repente, una niña pecosa salió del grupo y se acercó a ella con los ojos brillantes para ofrecerle un pequeño ramo de margaritas y lilas. Durante un instante, la determinación de Helen se vino abajo. Se tambaleó ligeramente, pero la necesidad de aceptar el ramo y darle las gracias a la niña hicieron que superara el peligroso momento. No pensaría más en lo que podría haber sido. No podía permitirse sus sueños.

Se sintió aliviada cuando entró en la fresca penumbra de la iglesia. Tomó aire, y se dio cuenta de que el diminuto templo estaba lleno de gente, probablemente los sirvientes de Hedley de Creachley Manor, porque no tenían aspecto de gente de pueblo, como los de fuera. Todo el mundo se había dado cuenta de que había entrado, y se volvieron lentamente para mirarla.

Con un suspiro, Helen levantó la cabeza y caminó hacia el altar.

Martin hizo restallar el látigo por encima de las cabezas de los caballos, más para aliviar su frustración que para obligar a los animales a correr más deprisa.

Ya iban a todo galope, y el coche se tambaleaba peligrosamente. Joshua se había mantenido en silencio desde que habían atravesado las puertas del Hermitage, antes de que saliera el sol.

Entrecerrando los ojos para protegerse del sol, Martin tomó una curva a toda velocidad. Había dormido seis horas y se le había despejado bastante la mente; el coñac que había consumido la noche anterior le había permitido dormirse libre de preocupaciones. Sin embargo, al despertarse aquel día, se había dado cuenta de que podía ocurrir un desastre. Saber las razones que tenía Helen para rechazarlo no significaba que pudiera sentarse cómodamente y planear la forma de asegurarle que era muy rico y que su sacrificio no era necesario. Si no tuviera tanta experiencia en la vida, creería que, teniendo la palabra de Helen de que se casaría con él, Hedley Swayne no la llevaría corriendo al altar. Sin embargo, Martin Willesden no había construido su fortuna corriendo riesgos innecesarios. ¿Por qué iba a arriesgarse entonces en lo que concernía a su futuro?

Aparte de todo aquello, sentía terror. ¿Qué ocurriría si había subestimado a Hedley Swayne? ¿Qué pasaría si aquel individuo deseaba de verdad a Helen? ¿Qué sucedería si la obligaba a casarse rápidamente? ¿Y si, aprovechando que ella estaba comprometida a él, le exigía el pago de sus deberes matrimoniales?

El látigo restalló de nuevo. Martin apretó los dientes. Tenía que conseguir a Helen cuanto antes. Mientras dirigía el coche hacia el pueblo de St Agnes, Martin repasó las posibilidades de deshacerse del señor Swayne. Si era necesario, le pagaría. Al pensarlo, Martin torció los labios con una sonrisa de desaprobación. Su padre había pagado una pequeña fortuna para librarlo de Serena Monckton. Y él estaba pensando en pagar una fortuna aún mayor para librar a Helen de su promesa equivocada al señor Swayne. Sin duda, había una moraleja en todo aquello.

Era día de mercado en St Agnes, lo cual fue toda una prueba para los nervios de Martin. Con cuidado, condujo el coche entre la gente, farfullando maldiciones por el retraso. Cuando, por fin, salieron del pueblo, se pusieron en camino hacia el pueblecito de Kelporth, justo antes de la pequeña casita de Helen.

Joshua no había creído que se alegraría de volver a ver aquel pueblo de nuevo. Y aun así, cuando llegaron al camino de entrada, dejó escapar un suspiro de alivio. Miró las casitas que había a ambos lados de la carretera, con los jardines teñidos de los colores del otoño, ante ellos. Un poco más allá, a la izquierda, había un grupo de niños jugando al lado de un carruaje aparcado a las puertas de lo que parecía ser una iglesia. Se quedó pálido y avisó a su amo.

—Señor, no sé si esto será importante, pero mejor será que eche un vistazo a la izquierda.

—¿Qué ocurre? —preguntó Martin. Entonces, miró.

Tiró de las riendas y detuvo a los caballos al instante. Joshua casi se cayó de su asiento. En cuanto recuperó el equilibrio, saltó y rodeó el carruaje hacia las cabezas de los caballos. Su amo le lanzó las riendas, pero, al ver a los niños jugando al lado de la puerta de la iglesia, se le heló la sangre y se quedó petrificado.

¿Y si Helen ya se había casado?

Aquel pensamiento hizo que echara a correr y entrara en la iglesia. Se detuvo en la puerta, y unas cuantas personas se volvieron para mirarlo.

¿Habría llegado demasiado tarde? El corazón le latía con tanta fuerza que no oía. Apretó los puños y se obligó a calmarse. Poco a poco recuperó el oído y frunció el ceño. Como no estaba familiarizado con el lenguaje de las ceremonias matrimoniales, pasó tres minutos desesperados hasta que se dio cuenta de que todavía tenía una oportunidad, al oír las palabras del pastor:

—Por lo tanto, si alguien conoce algún impedimento para la celebración de este matrimonio, que hable ahora o que calle para siempre.

Martin no esperó más.

—¡Yo conozco un impedimento! —dijo, en voz alta, y después empezó a andar por el pasillo central, con los ojos fijos en el objeto de su deseo.

Al oír el sonido de su voz, totalmente inesperado, Helen se quedó helada. Bruscamente, perdió el sentido del espacio y del tiempo. Se le cortó la respiración, incluso antes de darse la vuelta y ver a Martin, con los ojos brillantes y ardientes de decisión.

Para su asombro, le agarró el brazo con la fuerza de un cepo.

—Quiero hablar contigo.

La habría sacado a rastras de la iglesia, de no ser por las objeciones del pastor y del supuesto novio.

—Merton, ¡ella ha accedido a casarse conmigo, ya lo sabe!

—¿Qué significa esto, señor?

Martin miró al pastor, frunciendo el ceño.

Pero el pastor no se dejó intimidar.

—Esto es una ceremonia matrimonial. ¿Cómo se atreve a interrumpir?

Observando la maravillosa cara de Martin, Helen vio un brillo de cinismo en sus ojos. Se le encogió el corazón. ¡Oh, Dios Santo! Se iba a comportar de una forma horrible.

—Pero usted ha dicho que si alguien tenía impedimentos, debía hablar. Simplemente, estoy obedeciendo.

Al instante, el pastor asimiló la verdad de aquello y se quedó estupefacto.

—¿Tiene algún impedimento? —le preguntó, con la mirada severa clavada en su rostro. Entonces, se volvió hacia Hedley Swayne—. Sabía que no tenía que haber accedido a llevar a cabo algo tan precipitado —dijo, cerrando de un golpe su pequeña biblia.

—¡No es precipitado! —Hedley se había puesto de color morado, y estaba completamente agitado—. Pregúntele cuál es el impedimento. ¡No es más que una payasada, porque él sabe que ella accedió a casarse conmigo!

Hedley miró a Martin fijamente. Helen creyó que se desmayaba, pero la garra que le aprisionaba el brazo no cedió ni un ápice.

El pastor miró con inseguridad a Hedley, y después a Martin.

—¿Podría decirme cuáles son sus objeciones?

Sin dudarlo, Martin respondió:

—Lady Walford aceptó mi proposición de matrimonio.

Hedley se quedó boquiabierto ante lo que era una mentira desvergonzada. Helen decidió que era el momento de hacer algo, porque no podía permitir que Martin abandonara sus sueños, y mucho menos, después de la agonía mental por la que ella había pasado para salvarlo.

—Yo nunca he accedido a casarme con usted, milord.

Martin la miró, y ella pudo ver el brillo del amor en sus ojos, pero al segundo siguiente, su expresión cambió en otra que sólo podía ser descrita como profana.

—Sí lo hiciste, y lo sabes —dijo, con una lenta sonrisa—. Cuando estabas en la cama conmigo, aquella tarde.

Helen notó que se le caía la mandíbula. Tenía las mejillas ardiendo. ¿Cómo se había atrevido a decir aquello, en la iglesia, con toda la congregación de testigos?

El pastor se echó las manos a la cabeza horrorizado.

—Debería haber sabido que es mejor no tener nada que ver con la gente de Londres —y añadió furioso, mirando a Hedley—: En estas circunstancias, debo pedirles a los tres que abandonen la iglesia inmediatamente. Y debo advertirles con toda seriedad que cuiden de sus almas —y con una mirada asesina, se dio la vuelta y entró en la sacristía.

La congregación entró en erupción. Bajo la tormenta de conversaciones y murmullos, Martin arrastró a Helen por una de las puertas laterales y se la llevó al pequeño cementerio. Cuando estuvieron fuera, en el césped, Helen tuvo fuerzas para tirar de él y hacer que se detuvieran.

—¡Milord! Esto es ridíc...

El resto de las palabras se desvanecieron bajo la fuerza del beso. Ella luchó, intentando escapar de la pasión, intentando negar el hambre que le abrumaba el sentido común. Como respuesta a su lucha inútil, Martin la abrazó más fuerte, apretándola contra su pecho hasta que, finalmente, ella admitió la derrota y se derritió contra él.

Sólo cuando Martin notó que se había acabado la resistencia dejó de besarla. Era una diosa obstinada, como él bien sabía.

—No hables —le dijo, cerrándole los labios con un dedo—. Escúchame. Mi fortuna es mía. No dependo de mi madre, ni de sus caprichos. Soy desmesuradamente rico, y tengo la intención de elegir a mi propia esposa. ¿Lo entiendes?

Helen estaba boquiabierta. Casi no podía respirar.

—Pero tu hermano me dijo...

—Lamentablemente —dijo Martin, apretando la mandíbula—, Damian estaba confundido.

Helen detectó su ira, pero supo que no estaba dirigida hacia ella.

—Oh —dijo, intentando entenderlo todo.

—Lo cual significa que voy a casarme contigo.

Aquella afirmación hizo que Helen levantase la vista hasta los ojos grises de Martin. Su expresión severa hizo que ella se limitase a repetir:

—Oh.

—Sí, «oh». Te lo he pedido ya tres veces, lo cual es más que suficiente. He abandonado las proposiciones. Vas a casarte conmigo de todas formas.

Helen se lo quedó mirando, y contemplando a la vez la luz al final del camino.

Al ver que ella no decía nada, Martin continuó, muy serio:

—Si es necesario, te encerraré en mis habitaciones del Hermitage hasta que aceptes —hizo una pausa y arqueó las cejas—. De hecho, es una idea estupenda. Mucho más apetecible que volverte a pedir que te cases conmigo.

Helen se ruborizó y miró hacia abajo. Las cosas iban muy rápido. Le daba vueltas la cabeza y le latía el corazón desenfrenadamente. Casi no podía pensar, porque su mente estaba ocupada por la promesa de felicidad que significaban aquellas palabras. ¿Podría ser cierto?

Martin examinó su rostro ruborizado, consciente de la marea de emociones. El alivio de tenerla de nuevo en sus brazos fue dejando paso al orgullo de saber que ella lo quería tanto como para aceptar casarse con otro para salvar sus sueños. Sentía una terrible impaciencia por asegurarla a su lado, más allá de toda posible pérdida. Estaba a punto de decirle que entendía su extraño comportamiento y que lo apreciaba, cuando, por el rabillo del ojo, vio a Hedley Swayne saliendo por la puerta lateral de la iglesia. El lechuguino los vio también y se dio la vuelta, con el descontento reflejado en la cara mientras caminaba entre las lápidas.

De mala gana, Martin liberó a Helen.

—Espera aquí. Y no te muevas —reforzó su orden con una mirada, y después se fue tras Hedley Swayne.

Aquel hombre había intentado casarse con Helen por todos los medios, pero, ¿por qué? Martin no albergaba ningún miedo sobre su futura esposa, porque pensaba mantenerla alejada de cualquier peligro, pero aquel interés de Hedley Swayne era demasiado intrigante como para no investigar.

Hedley lo oyó acercarse y se detuvo, malhumorado y decepcionado.

—¿Qué quiere ahora? —le preguntó.

—Una simple respuesta. ¿Por qué quería casarse con lady Walford?

Hedley puso mala cara, y después de una pausa, se encogió de hombros.

—Oh, muy bien. Con sus relaciones en el mundo de los negocios, se enterará más tarde o más temprano —dijo, y miró a Martin con resignación—. Esa casita suya y el terreno están en los límites de mi finca. Yo soy el dueño de la mayoría de minas de estaño que hay por esta región, pero el depósito más puro que mi gente ha encontrado está justo debajo de su terreno, y no hay otra forma de llegar hasta él.

Durante un momento, Martin estudió al lechuguino. De repente, se le ocurrió una idea.

—Tenga —dijo, sacando una tarjeta de su bolsillo—. Venga a verme cuando volvamos a la ciudad. Podremos hablar sobre un alquiler de la finca.

—¿Un alquiler? —Hedley tomó la tarjeta con los ojos brillantes de especulación.

Martin se encogió de hombros y sonrió perversamente.

—Le advierto que tendrá que esperar unos meses, pero para entonces, creo que es muy probable que Helen y yo tengamos una deuda con usted.

Se despidió con una inclinación de cabeza y se dio la vuelta.

Helen estaba sentada en una lápida de mármol, intentando atisbar su futuro. ¿Podría aceptar todo lo que le había dicho Martin, o él lo estaría pintando todo mejor de lo que era en realidad? Quería casarse con ella, aquello estaba fuera de toda duda. Era despiadado y decidido, y estaba acostumbrado a conseguir lo que quería. ¿Sería realmente beneficioso para él casarse con ella? Y, lo más importante, ¿cómo podría averiguarlo?

Miró hacia arriba cuando él se acercó, con el ceño fruncido.

Martin no le hizo caso. Extendió las manos hacia ella y la ayudó a ponerse en pie.

—Y ahora, bella Juno, es hora de que nos marchemos.

—Pero, Martin...

—Voy a dejar a Joshua aquí para que recoja a tu doncella y el equipaje. Les mandaremos un carruaje desde el Hermitage —Martin se interrumpió al ver su vestido—. ¿Dónde está tu abrigo?

—En el coche. Pero, Martin...

—Bien. Si salimos ahora mismo, podemos estar en casa antes de que anochezca —la guió hasta la verja de la iglesia y tomó su abrigo del coche de Swayne.

Después la tomó del brazo y la guió hacia su propio coche. A su lado, Helen se dijo que, si él iba a comportarse así, nunca conseguiría averiguar nada. Cada vez más decidida a saberlo todo, le puso las manos en los brazos cuando él la tomó por la cintura para subirla al asiento.

—Milord, no puedo irme con usted de esta forma.

Martin suspiró.

—Sí puedes. Es muy sencillo. Pero si a ti te da igual, querida, aunque estoy dispuesto a hablar sobre nuestro futuro juntos con todos los detalles, preferiría no hacerlo delante de tanta gente.

Entonces se echó ligeramente hacia atrás para dejar que Helen viera el patio de la iglesia, lleno de caras curiosas. Se le abrieron unos ojos como platos.

—Oh —dijo.

Entonces se quedó callada mientras Martin la subía al asiento y después se deslizó para hacerle sitio. Él le dio instrucciones a su cochero, y después de dos minutos, ya habían salido de Kelporth y habían dejado el pasado atrás.

Helen se permitió un momento para tomar el aire fresco, para disfrutar del sentimiento de haber escapado a un futuro de tristeza. Ante ella tenía un futuro excitante y seductor, pero también desconocido. Tomó aire y miró al hombre que iba a su lado con las fuertes manos en las riendas, y el ceño ligeramente fruncido, quizás por la concentración.

—Milord... —empezó a decir.

—Martin —respondió él automáticamente.

A pesar de lo decidida que estaba, cedió.

—Martin, entonces. ¿Es verdad que casarte conmigo no alterará tu estado?

Él le lanzó una sonrisa maravillosa.

—Espero que sí altere mi estado —respondió él, y ante su confusión, sonrió aún más—. Si te refieres a mi estado financiero, no. Aparte de llegar a un acuerdo adecuado y beneficioso para ti, no erosionará mi fortuna gravemente —y, al ver que ella se quedaba callada, añadió—: Ya te lo había dicho, lo sabes.

—¡Pero también dijiste que había aceptado casarme contigo! —replicó Helen, un poco indignada.

Él sonrió sin asomo de arrepentimiento.

—Ah, bueno. Lo hice guiado por la necesidad.

Helen se tragó una risa socarrona y miró hacia otro lado. Aquél era un hombre imposible, y estaba segura de que seguiría siéndolo. Se comportaría horriblemente siempre que le conviniera, reparando el daño con una sonrisa perversa, seguro de que lo perdonarían. Durante unos cuantos kilómetros, ella dejó que el rítmico balanceo del coche calmara su sensibilidad molesta.

—No quería que perdieras tu casa —dijo finalmente, en voz muy baja. Sin aquella información, no estaba segura de que él entendiera su comportamiento.

—¿Mi casa, y mis sueños de restaurarla? —le preguntó Martin suavemente.

Helen asintió.

—Finalmente, a pesar de la venda que tú y el destino me habíais puesto en los ojos, lo he averiguado. Te alegrará saber que mis sueños se han cumplido en cuanto al Hermitage. Sin embargo, tengo un sueño mucho más importante que quiero convertir en realidad. Uno en el cual tú puedes ayudarme.

—¿Sí? —Helen lo miró, sin saber si estaba hablando en serio o estaba intentando animarla. Sin embargo, sus ojos grises tenían una mirada clara y atenta, y la expresión de su cara le cortaba la respiración.

—Sí —dijo Martin, sonriendo antes de volver su atención a la carretera—. Me llevará cierto tiempo conseguirlo, pero estoy más que preparado para dedicarme por completo a él.

—¿Y cuál es ese sueño?

Martin reflexionó unos instantes y después sacudió la cabeza.

—No creo que debiera decírtelo todavía. No hasta que estemos casados. De hecho, posiblemente no te lo diga ni entonces.

—Pero, ¿cómo voy a ayudarte a conseguirlo si no sé lo que es?

—Si te lo explico, con lo propensa que eres a darme lo que quiero sin tener en cuenta tus propios sentimientos, ¿cómo sabré si me estás ayudando porque realmente tú lo deseas también, o sólo por un sacrificio?

Helen lo miró totalmente confusa. ¿Qué demonios sería su sueño?

Martin se rió.

—Te prometo que te lo diré si necesito tu... er... tu ayuda activa —con un esfuerzo, mantuvo la expresión seria, a pesar de las imágenes que su propia imaginación le estaba proporcionando. Afortunadamente, los caballos le dieron la excusa para mantener los ojos en la carretera.

Mientras avanzaban, Helen pensó en lo que le había contado Martin, pero no pudo averiguar nada. Lo que le había dicho sobre su casa la había librado de su preocupación más persistente, pero todavía le quedaba una nube en el horizonte.

—Háblame de tu madre —le preguntó—. Vive en el Hermitage, ¿verdad?

Martin le contó muchas cosas sobre ella, haciendo que Helen sintiera simpatía por la condesa viuda.

—Y, a pesar de lo que haya dicho Damian sobre el asunto, ella aprueba firmemente mi matrimonio contigo. De hecho, fue ella la que me contó la interferencia de Damian. Aunque no me lo dijo, creo que se quedó decepcionada cuando vio que yo no salía corriendo a buscarte en el mismo momento en que me lo explicó.

Privadamente, Helen consideró aquélla una reacción razonable. Sus pensamientos debieron de reflejársele en los ojos, porque cuando miró a Martin, él sonrió y añadió:

—No lo hice porque, aparte del estado de las carreteras, estaba un poco... bebido. Por tu culpa, podría añadir.

Al entender que había estado bebiendo más de lo normal por su causa, Helen sintió un calor dentro del alma.

Aunque Martin llevó a los caballos a buen paso, y pararon sólo lo estrictamente necesario para descansar y tomar algo de comer, al llegar a South Molton se estaba poniendo el sol, y Martin se dio cuenta de que no llegarían al Hermitage hasta la noche. Martin pensó que había algo sobre lo que tenía que informar a su diosa.

—Nos casaremos mañana.

Aquella afirmación hizo que Helen diera un respingo. ¿Al día siguiente? Al mirar a Martin, lo vio completamente serio, con una ceja arqueada de arrogancia.

—Tengo un permiso especial, de la propia mano del Obispo de Winchester.

Helen se irguió en el asiento.

—¿No crees que...?

—No —respondió él—. Quiero casarme contigo tan pronto como sea posible, y eso es mañana.

Al ver su mandíbula firme y la línea de sus labios, Helen se resignó a que tendría que caminar hacia el altar a primera hora de la mañana. Pero estaba empezando a sentir que su pretendiente se estaba saliendo con la suya en todo, así que intentó aparentar calma y dijo:

—Quizá. Sin embargo, a pesar de lo escandaloso que puedas llegar a ser para conseguirlo, yo todavía no he aceptado casarme contigo, Martin.

Durante un momento, él no dijo nada.

—Todo lo que tienes que decir es «sí».

—Estaría mucho más tranquila si esperáramos hasta que conociera a tu madre.

—Te la presentaré esta noche, y si quieres, puedes estar mañana por la mañana con ella. Podemos casarnos por la tarde.

—Pero no tengo traje de novia —dijo Helen, asombrada al darse cuenta de que era cierto. Para casarse con Hedley Swayne, no le había dado importancia, pero para ser la condesa de Merton no iba a ponerse un vestido usado–. No, Martin —dijo, con un tono de voz firme—. Me temo que tendrás que esperar, al menos, a que tenga un traje decente. No me casaré contigo, de lo contrario.

Entonces, oyó un gruñido de frustración. Los caballos frenaron de repente, y él la tomó en brazos y la besó sin piedad.

—¡Mujer! —gruñó de nuevo, cuando levantó la cabeza—. ¿Qué otras torturas tienes planeadas para mí?

Con un esfuerzo enorme, Helen recuperó sus facultades. Que el cielo la ayudara, si cada vez que la besaba iba a perder la inteligencia. Tendría problemas graves.

—¿Es una tortura? —preguntó, fascinada.

Aquella pregunta hizo que él la besara de nuevo.

—Maldita sea, te deseo, ¿es que no te das cuenta?

Sí lo sabía, pero Helen también quería recordar su boda. Había pasado muchos años intentando olvidar la primera. Y, aparte de todo, una boda apresurada daría lugar a murmuraciones. Así pues, se tomó el trabajo de convencerlo con un encanto irresistible.

—Sólo serán unos días. Una semana, como máximo —le ofreció.

Martin resopló disgustado y la soltó. Helen observó cómo retomaba las riendas y ponía a los caballos en marcha. Entonces, al ver su cara de desilusión, pensó en algo que pudiera hacer la espera más atractiva para él. Recordó su casa, y sus esperanzas de reabrirla.

—Dijiste que tu padre recibía muchos invitados en el Hermitage, y que a ti te gustaría hacer lo mismo.

Martin la miró con el ceño fruncido.

—¿Y?

—Entonces, ¿por qué no hacemos que nuestro matrimonio sea la primera ocasión para abrir tu casa a los amigos?

Durante un rato, Helen observó cómo él pensaba con los labios apretados. Cuando respondió, se sintió alegre.

—No es mala idea —admitió él, al final, y la miró—. Podemos invitar a los Hazelmere, los Fanshawe y a Acheson-Smythe, y a algunos otros.

Helen sonrió resplandeciente, y le tomó el brazo.

—Estoy segura de que vendrán.

Los ojos grises brillaron al mirarla. Entonces Martin resopló de nuevo y devolvió su atención a la carretera.

—Siempre y cuando digas «sí» en el momento apropiado...

13

El Hermitage era mucho más grande de lo que Helen se esperaba. Se acercaron a la casa por la parte de atrás, y Martin dejó el coche en las caballerizas. La impresionante fachada principal, de grandes ventanales, estaba rodeada de macizos de césped y flores y castaños centenarios a un lado. La parte trasera era aún más tentadora, con el invernadero al final del salón de baile, cuyos escalones conducían a una pequeña fuente y a un jardín formal. Más allá había un bosque.

Del brazo de Martin, se dirigieron hacia una de las puertas laterales.

—Supongo que debería llevarte por la puerta principal, pero es un buen paseo —dijo. Observando su cara, Martin se había dado cuenta de que ella parecía cansada, cosa nada sorprendente, después del día que había tenido. Pero al menos estaba sonriendo y tenía los ojos brillantes. Le dio unos golpecitos en la mano.

—Querrás descansar y arreglarte para la cena.

Helen se detuvo de repente, al darse cuenta de algo. Se miró el vestido, completamente arrugado.

—¡Oh, Martin! —dijo con voz lastimera.

Rápidamente, Martin la atrajo hacia sí y la besó.

—Mi madre te daría la bienvenida aunque fueras vestida de harapos. Tranquilízate —y sonrió—. Te llevaré con Bender, mi ama de llaves. Estoy seguro de que te ayudará.

Veinte minutos después, Helen le dio las gracias a Bender. La mujer, alta y con la cara redonda, había entendido inmediatamente su petición silenciosa. Mientras ella se lavaba la cara y las manos, y se cepillaba el pelo para quitarse el polvo del camino, su vestido fue sacudido sin piedad y planchado. Nunca sería el mismo de nuevo, por supuesto, pero al menos parecía respetable. Cuando Martin llamó a la puerta de la agradable habitación donde Bender la había llevado, Helen estaba lista para enfrentarse a lo que en su interior consideraba el obstáculo final para alcanzar la felicidad.

La presencia de Martin a su lado, infinitamente reconfortante, la ayudó a mantener la cabeza alta mientras traspasaban el umbral de la habitación. Al darse cuenta de que, si el destino lo había dispuesto así finalmente, sería pronto la señora de todo aquello, su confianza se tambaleó un poco. Pero entonces, Martin ya estaba hablando, presentándola. Helen observó los ojos grises que la miraban, sorprendida.

Su primer pensamiento fue cómo se parecían madre e hijo, pero rápidamente se dio cuenta de que también había sutiles diferencias. Las cejas de la madre de Martin eran mucho más finas, aunque su rasgos eran igualmente arrogantes. Tenía la barbilla y los labios mucho más suaves, y sus ojos grises, tan asombrosamente parecidos, carecían del brillo perverso que lucía en los de su hijo. Helen se dio cuenta de que la estaba mirando fijamente. Con un pequeño respingo, hizo una reverencia.

—Es un honor conocerla, señora.

Catherine Willesden miró a la belleza de cabello dorado y no le desagradó lo que vio. Era una mujer más alta de lo normal, de cuerpo proporcionado, y la condesa viuda se dio cuenta de qué era lo que había suscitado el interés de su hijo en Helen Walford. Además, parecía de las que criarían bien a sus hijos, y disfrutarían haciéndolo, lo cual era incluso más importante. Pero lo que decidió a la condesa viuda a favor de Helen, más allá de todas las dudas, fue el orgullo con que su hijo la miraba. Aquello, pensó lady Willesden, era lo que contaba sobre todo lo demás.

—Créeme cuando digo que el honor es mío, querida —la condesa viuda le lanzó una mirada significativa a su hijo antes de, con un esfuerzo, levantar las manos para tomar los dedos fríos de Helen.

Al darse cuenta de la dificultad de la condesa viuda,

Helen le agarró con suavidad las manos y se inclinó para darle un beso en la mejilla.

Desde entonces, habría buen entendimiento entre la próxima condesa de Merton y la condesa viuda. Satisfecho con su aceptación mutua y también muy entretenido, Martin se retiró, dejando a las dos mujeres que se conocieran. Pero después de haber cenado y hablado sobre los detalles de la boda y de la fiesta durante la sobremesa, ya había tenido suficiente.

—Mamá, es tarde. Te llevaré arriba.

Su madre abrió unos ojos como platos. Abrió la boca para protestar, pero, cuando vio a su hijo, la cerró de nuevo.

—Muy bien —accedió, y se volvió hacia Helen—. Duerme bien, hija mía.

Martin se llevó a su madre, y cuando volvió de la habitación de la condesa viuda, se encontró a Helen paseando por el vestíbulo, examinando los paisajes que había colgados en las paredes.

—Vamos a dar un paseo. Todavía hay luz.

Helen sonrió, y lo tomó del brazo. Por dentro, sólo sentía calma. La condesa viuda no era ningún monstruo, y claramente tenía buen carácter. La casa de Martin estaba más allá de todos sus sueños. Ya se sentía arrastrada a él, al hogar con su hechizo, aunque no sabría decir si aquel sentimiento lo provocaba la casa o era un reflejo de su amor por Martin.

Mientras bajaban de la terraza hacia el camino de gravilla, hacia el jardín, se sentía tan feliz como nunca.

—Podemos enviarles las cartas a los Hazelmere y a los demás mañana.

El murmullo de Martin le movió los rizos de al lado de la oreja. Helen se volvió a sonreírle y, suavemente, apoyó la mejilla en su hombro. Sin necesidad de palabras, ambos se quedaron al lado de la fuente. Suavemente, Martin hizo que se diera la vuelta, de modo que Helen apoyara los hombros en su pecho. Él inclinó la cabeza y le besó un hombro. Helen sintió que se le escapaba la risa. Sólo un vividor muy experimentado, estaba segura, elegiría un jardín laberíntico para una seducción. Sin embargo, no estaba de humor para rechazarlo, así que dejó caer la cabeza hacia atrás, ofreciéndole el cuello. Ni siquiera intentó reprimir el escalofrío de puro placer que la recorrió provocado por aquellas caricias.

Un crujido hizo que Martin levantara la cabeza. Traspasó los arbustos con la mirada y, en la oscuridad, distinguió la figura inmóvil de un hombre. Con un juramento, Martin soltó a Helen y salió corriendo hacia los arbustos, detrás del individuo.

Las largas piernas de Martin le dieron ventaja. Alcanzó a Damian antes de que llegara al bosque. Lo agarró por un hombro y su hermano cayó al suelo.

Durante un instante, Damian se quedó inmóvil, con los ojos cerrados. Después gruñó. Completamente seguro de que no le había hecho daño, Martin se quedó de pie sobre él, con las manos en las caderas, y esperó a que se levantara. Cuando tuvo claro que Damian no se iba a levantar sin ayuda, Martin apretó la mandíbula. Estaba inclinándose cuando Helen llegó corriendo de entre la oscuridad y lo tomó por el brazo.

Una sola mirada a Damian confirmó las sospechas de Helen.

—¡No lo mates! —le rogó.

Cuando, de repente, se había quedado sola en la fuente, no había podido reaccionar durante unos momentos, pero después los había seguido, agarrándose las faldas para saltar los arbustos y los setos. Finalmente, había encontrado a Martin como si fuera a darle una paliza a su hermano, y lo único que había pensado era que tenía que detenerlo.

Para su alivio, Martin se retiró y le tomó las manos, observándola con una mirada de curiosidad.

—No iba a hacerlo —respondió suavemente—. Pero no habría pensado que, dadas las circunstancias, te hubiera importado.

Casi sin respiración, Helen sacudió la cabeza. Había sabido de la maldad de Damian por su propia madre.

—Si fuera tan sencillo, te daría mi visto bueno. Pero si lo matas, te juzgarían por asesinato, y, ¿dónde quedaría mi arco iris?

—¿Qué? —preguntó Martin, sonriendo.

Ella se ruborizó.

—Bueno, no importa. Luego me lo explicarás —le dijo, todavía sonriente. Después se volvió hacia su hermano—. ¡Por Dios, levántate! No te voy a golpear de nuevo, aunque te mereces una buena paliza.

Damian se incorporó a la mitad.

Martin lo miró, exasperado.

—Puedes darle las gracias a la que va a ser tu cuñada, por librarte del castigo que yo quiero imponerte —y, al ver que Damian no decía nada, simplemente los observaba fijamente, le dijo—: Ve a tu habitación. Nos veremos mañana.

Acercó a Helen a su lado y empezó a andar hacia la casa. Sin embargo, se dio la vuelta para hacerle una última advertencia:

—Si estás planeando una partida repentina, tengo que decirte que he dado órdenes para que no te dejen salir. No hasta mañana, cuando partirás para Plymouth.

—¿Plymouth? —preguntó Damian, estremeciéndose—. No iré —dijo, pero Helen notó que su tono de voz era débil.

—Creo que sí —el tono de Martin, por el contrario, era firme—. Mamá y yo hemos decidido que un viaje a las Indias te vendría tan bien como a mí —hizo una pausa, y siguió en un tono mucho más pensativo—. Creo que te resultaría difícil vivir en Londres, una vez que se sepa que te hemos retirado la asignación.

Incluso en la oscuridad, Helen vio cómo Damian palidecía. Era evidente que la amenaza de Martin iba bien dirigida. Martin no esperó a ver cómo reaccionaba su hermano. Se colocó la mano de Helen en el antebrazo y ambos se pusieron en camino hacia la casa.

Algunos truenos en la lejanía los avisaron de que se estaba acercando una tormenta. Después de unos minutos, Helen observó que la expresión severa de Martin había cambiado por otra más pensativa, de la que no supo si debía desconfiar.

—Y ahora, ¿dónde estábamos? —murmuró, antes de sonreír con picardía—. Fuera donde fuera, creo que deberíamos continuar dentro de casa. Está empezando a hacer frío y no puedes seguir fuera sin un chal.

Pasando por alto el detalle de que la falta de chal era culpa de él, Helen le permitió encantada que la escoltase dentro. Subieron las escaleras con un candelabro, y él le fue enseñando los cuadros de sus antepasados, colgados en los pasillos del piso de arriba.

Eligió los episodios más escandalosos de la familia, los más útiles para su propósito de mantener a Helen en ascuas mientras recorrían el largo pasillo que llevaba al ala oeste. Añadiendo algunos detalles, se aseguró de que ella no se diera cuenta de que llegaban a la puerta que había al final del pasillo.

Sólo entonces, Helen, avisada por el brillo de los ojos de Martin, miró a su alrededor y se dio cuenta de que estaba perdida, y en compañía de un calavera en el que no se podía confiar. Sin embargo, lejos de sentirse amenazada, disfrutó de la deliciosa impaciencia que aquello le provocó. Observó la puerta que había frente a ella, y después miró a Martin, con una ceja arqueada a modo de pregunta.

Todo lo que él hizo fue sonreír y abrir la puerta. Ella dio un paso adelante y cruzó el umbral. La habitación era muy grande, y había una cama con dosel. Las ventanas estaban abiertas y la brisa de la noche refrescaba la habitación. Helen observó cómo él cerraba las contraventanas. La única luz que quedó en la habitación fue la de los candelabros.

Martin se acercó a ella y la abrazó. Antes de que pudiera besarla y dejarla embobada de nuevo, Helen le puso las manos en los hombros y le preguntó sonriendo:

—¿Aquí es donde tengo que decir «sí»?

Martin sonrió lentamente.

—De hecho, dada la dificultad que tienes para pronunciar esa palabra, he decidido que no te vendría mal un poco de práctica.

—¿Práctica? —preguntó Helen, con un tono de voz tan ingenuo como pudo.

—Mmm —murmuró Martin, inclinando la cabeza para rozarle los labios—. Creo que voy a hacer que lo digas muchas veces —dijo, y la besó suavemente.

—¿Y cómo vas a conseguir que lo diga?

Martin no respondió.

Se lo enseñó.

Mucho después, Martin extendió un brazo para apagar las velas de la mesilla de noche. El otro brazo lo tenía ocupado abrazando a Helen, que estaba dormida a su lado, completamente exhausta después de haber dicho muchas veces la palabra que él quería oír. Martin sonrió. Ella todavía necesitaba más práctica, pero estaba seguro de que podría convencerla de aquello más tarde. Con su cabeza en el hombro y sus rizos haciéndole cosquillas en la garganta, oyó pasar la tormenta. Helen ni siquiera se había dado cuenta de que estaba tronando, demasiado absorta en la tormenta que ellos mismos habían creado en la habitación.

Con un profundo suspiro, Martin cerró los ojos. La satisfacción le recorría las venas como una droga, proporcionándole paz. Su casa estaba en orden, Juno estaba a su lado sana y salva. Aquella noche, con suerte, podría dormir. Y, al contrario de la otra noche tormentosa que había pasado a su lado, la tortura entre despertares sería mucho más de su gusto. Cerró una mano sobre el pecho de Helen y se quedó dormido.

Helen se despertó para rascarse la nariz, y se dio cuenta de que lo que le hacía cosquillas era el vello del pecho de Martin. Dejó escapar una risita y miró hacia arriba. Se encontró con que la estaba observando con un brillo sospechoso en la mirada.

Con una sonrisa, Helen se estiró como un gato, y notó que él la abrazaba con más fuerza. Le puso las manos en el pecho. ¡Cielos! Al menos, necesitaba dos minutos para pensar.

—¿Cuál es su sueño, milord? —ronroneó, con la esperanza de distraerlo y satisfacer su curiosidad de una vez.

Martin se relajó y se rió, dejando que el calor de su mirada se extendiera por el cuerpo de Helen como una lengua de fuego.

—¿Debería decírtelo? —preguntó, retóricamente—. Bueno, quizá sí —dijo, con sorna—. No creo que sea demasiado difícil para ti —su sonrisa se hizo más amplia—. Con tus capacidades, me refiero.

Y al sentir que su pecho retumbaba de risa, Helen exclamó:

—¡Martin!

—Ah, sí. Bueno, una vez que he tenido la oportunidad de comprobar tus habilidades, mi amor, y habiendo confirmado que realmente disfrutas con nuestras actividades conjuntas por lo que tienen de placenteras, me siento seguro de que, una vez que averigües cuál es mi sueño, no te verás obligada a sacrificar ningún sentimiento para ayudarme a conseguirlo.

Helen lo miró fijamente.

—¡Martin! ¿Qué es?

Martin la observó con cierta cautela.

—¿Me prometes que no te vas a reír?

—¿Por qué iba a reírme? —le preguntó asombrada. Al ver que él no decía nada, prometió—: Está bien, no me reiré. ¿Cuál es tu sueño?

—Tengo una visión de ti, delante de la chimenea de la biblioteca de Merton House... —Martin se interrumpió, y después siguió apresuradamente—: Con mi hijo en tus brazos.

Helen parpadeó.

—Oh —dijo, como si no le diera importancia. Pero no pudo evitar la sonrisa que se le dibujó en los labios, y después le alcanzó los ojos. Mirando fijamente a los ojos grises que le correspondían, al ver la expresión dubitativa de su rostro, Helen supo que ella también había alcanzado sus sueños. Pestañeó para aclararse los ojos de las lágrimas de felicidad que amenazaban con derramársele, tragó saliva y dijo:

—¡Oh, Martin! —antes de rodearle el cuello con los brazos y esconder la cara en su cuello.

Él le devolvió el abrazo.

—Entonces, ¿esto quiere decir que estás de acuerdo?

Un murmullo, que era claramente de asentimiento, fue todo lo que obtuvo como respuesta. Martin sonrió y la abrazó aún más fuerte al notar las lágrimas en su hombro.

Una vez que ella recuperó la compostura, no pudo evitar preguntarle:

—¿Ése es el típico sueño de un calavera?

—Te aseguro que es el sueño de este calavera —Martin la miró y sonrió—. Ahora, ven aquí y pon de tu parte para hacerlo real.

Helen sonrió también.

—Con placer, milord.

Ella alzó la cabeza para besarlo. En realidad, no tenía más sueños en la cabeza que ayudarle a realizar los suyos.

www.ingramcontent.com/pod-product-compliance
Lightning Source LLC
LaVergne TN
LVHW030342070526
838199LV00067B/6408